EL VESTIDO AZUL

LARGO RECORRIDO, 126

Michèle Desbordes
EL VESTIDO AZUL

TRADUCCIÓN DE DAVID M. COPÉ

Editorial Periférica

PRIMERA EDICIÓN: mayo de 2018
TÍTULO ORIGINAL: *La Robe bleue*
DISEÑO DE COLECCIÓN: Julián Rodríguez
MAQUETACIÓN: Grafime

© de la traducción, David M. Copé, 2018
© Éditions Verdier, 2007
© de esta edición, Editorial Periférica, 2018
Apartado de Correos 293. Cáceres 10001
info@editorialperiferica.com
www.editorialperiferica.com

ISBN: 978-84-16291-65-6
DEPÓSITO LEGAL: CC-138-2018
IMPRESIÓN: Kadmos
IMPRESO EN ESPAÑA – PRINTED IN SPAIN

El editor autoriza la reproducción de este libro, total
o parcialmente, por cualquier medio, actual o futuro, siempre
y cuando sea para uso personal y no con fines comerciales.

«Es hora de que el Esposo la mate y, revelando el fuego que lo consume, la condene con un inexorable beso.»

«¡Qué fuerte y alegre era yo por aquel entonces! ¡Cuánto reía! ¡Qué saber estar! ¡Y qué hermosa era también! Y después llegó la vida… Y aquí me ve usted ahora, sometida y obediente.»

Paul Claudel

I

POR LA NOCHE, OÍA LOS CABALLOS

Era cuando ella lo esperaba. Era, sin duda, en los días en que ella lo esperaba cuando, habiendo recibido la carta que anunciaba su visita y, tomando una de las sillas del corredor, se instalaba fuera para esperarlo, arrastraba la silla por la hierba junto a la escalera de entrada y se sentaba a la sombra de los robles, y un poco de sol atravesaba las ramas, jugando sobre la grava y el boj, las flores a los pies del árbol. Él la encontraba allí cuando llegaba, sentada en aquella silla delante del pabellón, inmóvil y con las manos cruzadas sobre el regazo, con aquellos vestidos grises o marrones, siempre los mismos, y aquel sombrero con el que se la ve en las fotos, del mismo color indefinible, y que en los primeros años le enviaba su madre, asegurándole que le haría falta; estaba allí, inmóvil y silenciosa, y acechando el instante en que él aparecería por el sendero, el pequeño camino escarpado por el que ascendería desde la plaza arbolada donde aparcaban los coches, acechando ese momento mientras ya pensaba qué le diría, cuánto tiempo hacía que no lo veía, meses, estaciones enteras, desde el verano o la primavera anterior, y aún más, cuando pasaban años sin que él realizara el viaje. Y entonces, sacaba un cuaderno del bolsillo, lo hojeaba y buscaba las páginas y las listas, desgranadas unas encima de las otras las fechas y las estaciones que ella había tomado la costumbre de anotar, registrando ahí, año tras año, todo lo que había que registrar respecto de los días, los acontecimientos o las cartas que recibía. Incluso allí en Montdevergues, donde tan pocas cosas pasaban, mantenía aquel hábito, pidiendo una y otra vez con qué escribir, papel para las cartas y un cuaderno en el que a veces la veían tomar notas; necesitaba cuadernos, decía, y anotar todo cuanto había que anotar respecto al paso del tiempo.

Registraba el paso del tiempo, repetía, los años, las estaciones y todos los días en los que esperaba, no hacía otra cosa que esperar; la veían sacar de los bolsillos, o del pequeño ridículo[1] que llevaba colgado de la muñeca, el cuaderno que se pondría a hojear, toda recta con sus vestidos y sus abrigos grises o marrones, siempre los mismos, por cuya abertura asomaba una falda de un color igualmente indefinido, o de nuevo, aquella especie de vestido, aquella casulla de tela áspera y clara de la que él habló una vez, y que su madre, al acabar la guerra, envió allí junto con el sombrero de paja, escribiendo que le favorecería y que luciría bien algunos veranos; aquella clase de vestido, de funda informe y sin color, dentro del cual, ahora que había adelgazado, daba la impresión de desaparecer, y que, rodeada de sirvientas, a quienes pedía un cinturón o una bufanda para ceñir la tela demasiado holgada, ella se probaba la misma mañana delante de los espejos del vestíbulo.

Así la encontraba él cuando llegaba, a la sombra de los robles donde se colocaba para verlo franquear la verja y penetrar en el patio, la pequeña plaza con plátanos donde él tomaba el sendero, el camino de tierra y piedras que se estrechaba enseguida hasta convertirse en un angosto repecho bajo los árboles, cedros y tamariscos cuyo aroma se dejaba sentir por toda la colina, y si hacía buen tiempo salían y caminaban hasta el jardín, a veces incluso por los senderos que había pasados los pabellones; caminaban juntos como antaño, hollando la maleza y las pequeñas garrigas, entre aquellos calidísimos olores, y, deteniéndose para recobrar el aliento, contemplaban los Alpes y el Luberon; desde allí arriba la vista era incomparable, decían; se sentaban a la sombra de los robles y aspiraban el aroma del tomillo, del romero y, más abajo, cuando descendían de nuevo, el olor seco de los iris.

La llevaba hasta lo alto de la colina, hablándole del viaje que acababa de realizar, del camino que había hecho y del tiempo que había tardado desde su *château* en Brangues o desde Marsella, donde había atracado el barco procedente de China; paseaban uno al lado del otro, hablando de viajes, de trenes y barcos; caminaban todo el tiempo, siempre que ella no estuviera cansada o no sufriera aquellos dolores en las piernas de los que ahora se quejaba; después, regresaban sin prisa, el día era espléndido, aspiraban la fragancia de las colinas y de la tarde que caía, y cuando se levantaba el viento, hablaban del viento y se acordaban de Villeneuve. Volvían hablando de Villeneuve y de todos los recuerdos que tenían, de aquel viento y aquella lluvia impetuosos, y del pueblo agazapado, encogido en sí mismo como un animal en peligro, de los caminos por donde ella lo llevaba para buscar arcilla, caminos por los que a él, cada vez más rezagado, le costaba seguirla, aunque ella se giraba para llamarlo y se sentaba a esperarlo al borde de un talud, y cuando empezaba a llover, una de aquellas lluvias salvajes e intensas que caían allí, y tan persistentes que se podía pensar que nunca escamparía, se resguardaban bajo un árbol; decían que amaban el viento y la lluvia incesantes, que se ensañaban con el pueblo y los campos de la meseta, y los bosques de alrededor; los dos, avanzando, doblados en mitad del viento, cuando regresaban al anochecer de la yesera y del bosque de Coincy, adonde iban a ver las piedras; aquel viento perpetuo, imparable; hablaban del viento y de los páramos que allí había, del cielo inmenso como los cielos sobre el mar, y cuando volvían a casa no se ponían a hacer los deberes bajo la lámpara de la cocina, sino que iban a la buhardilla a amasar la arcilla que llevaban en los bolsillos, mientras que, abajo, los llamaban para la cena, preguntándoles qué hacían allí arriba a esas horas, y enseguida todo eran gritos en la casa; en aquella casa, en aquella familia, diría él más tarde, era preciso gritar, porque de otro modo nadie te oía, así que se gritaban unos a otros, daban rienda suelta a su odio y su cólera, y se hacían todos los reproches que tenían que hacerse, gritándoselos unos a otros hasta que, de golpe, se hacía el silencio y sólo se oían los pájaros y los caballos que pasaban, una postrera borrasca sobre el tejado o, en la cocina, el ruido de una cacerola o de una sartén que alguien apartaba del fogón con un gesto brusco.

Más tarde, mezclando las grandes llanuras y las grandes mesetas, la desolación de los inviernos en los que soplaban vientos imparables, con aquello que siempre habían sido –como si por haber nacido en aquella región no pudieran hacer otra cosa que abrazar también sus violencias, sus rudezas y sus cóleras–, él hablaba de ellos, allí, en su casa de Villeneuve, y de ella, que era la más irritable de todos, con aquella especie de destellos, de fuego invisible en los ojos, en la piel misma, recordaba él, y el cuerpo que se tensaba entero, que se arrojaba sobre enemigos igualmente invisibles, mientras, hablando alto y claro, ella decía cómo debían ser las cosas, y poco a poco los cabellos se le soltaban, escapaban de las horquillas y caían sobre los hombros, sobre la espalda, por donde se esparcían, pesados y brillantes, con reflejos de cobre oscuro en aquella masa espesa, ese color del que él hablaba, tan singular, decía. Mientras ella se tranquilizaba, yendo y viniendo alrededor de él con su pedazo de arcilla en la mano, y le pedía que se quedara quieto donde estaba y que posara para ella, anochecía o la lluvia golpeaba los cristales con aquella constancia, con aquella obstinación que hacía que uno pensara que nunca pararía; permanecían allí, hablando de todo y de nada, él ya le hablaba de mares lejanos, de ciudades y países extranjeros adonde quería ir, de todos los trenes y barcos que partían allí donde, según decía, algún día viviría; ella escuchaba en silencio, escuchaba y de repente reía con aquella risa que tenía, resonante y dura, como la voz febril y punzante con la que le preguntaba si era aquello lo que él quería, irse a vivir a la otra punta del mundo y olvidarse para siempre de ellos.

Sí, sin duda era cuando ella lo esperaba. La veo sentada en aquella silla, igual que todas las que esperan y no conocen otra cosa, y quizá era porque él venía otra vez. Quizá, una vez más, ella lo veía subir por el sendero, el pequeño repecho que llevaba a la parte alta del jardín y que tomaba en la curva del camino y desembocaba no lejos de allí, entre los dos estrechos cipreses por donde aparecería de un momento a otro.

Me la imagino sentada, esperando a que pase el tiempo, inmóvil en una de aquellas sillas del pabellón que habría sacado fuera, allí arriba, desde donde lo vería remontar el sendero y aparecer en los últimos escalones entre los dos cipreses, esperando, acechando entre las ramas y la blancura de los tejados la silueta cada vez más grande y pesada, él, Paul, que ahora resollaba y subía, con la lentitud propia del hombre que envejece, el camino y el sendero de la parte alta del jardín, ella se instalaba allí, o puede que, impaciente, abajo, en el banco que había delante de la capilla, desde donde podían verse los coches atravesar la verja, los visitantes y las carretas que repartían la carne, la leche o el carbón, cuando no se trataba de otra furgoneta con una gran cruz roja dentro de la cual traían a otra interna, y entonces ella sacaba de su bolsillo o del pequeño ridículo de terciopelo la carta que anunciaba el día y la hora de su visita, y la leía de nuevo, empezando por el principio o por la mitad, y parecía buscar una palabra, una frase que había memorizado y que quería encontrar, podía apreciarse cómo los labios se movían suavemente, cómo murmuraban las palabras una detrás de otra, hasta que, con un suspiro, siempre el mismo, finalizaba su lectura y volvía a vigilar aquel pequeño lugar, la verja por la que entraban los coches, y entonces, diciéndose a sí misma que venía con retraso, o incluso que quizá no había podido venir, con un mismo gesto se recogía las faldas y se levantaba, y regresaba a las alturas, subía por el pequeño sendero que tomaba doblando a la derecha del camino y que llevaba, a lo largo de toda su estrechez y de algunos escalones hechos con troncos hundidos en el suelo, hasta el pabellón, y siempre en el mismo punto, en la curva del sendero, ella veía aparecer entre las ramas el azul de los postigos y la pequeña escalinata, donde se quedaba aún un rato.

Aquella silla en la que más tarde se sentaba aunque él no viniera –habría tomado esa costumbre–, llevándosela, sacándola fuera, a la escalera de entrada, o incluso más abajo, a la hierba, donde ella se quedaba mirando la gente pasar, con aquella palidez cerúlea o de marfil viejo en el rostro, ese brillo apagado de las pieles que envejecen y parecen hinchadas, atiborradas de no se sabe qué postrera e invisible savia, como un pergamino gastado tendido sobre el hueso y el músculo, o las manos de vieja, tanto tiempo sumergidas en el agua con lejía de la colada que parecen haber quedado impregnadas de ella, siguiendo con la mirada a las mujeres que pasaban por el camino con sus pilas de sábanas y toallas y, a veces, llevando una cesta, una bandeja; o a las otras internas, que iban y venían ante las puertas o se sentaban en un escalón o a los pies de un árbol.

Cuando él llegaba, la veía allí sentada, inmóvil y callada, con aquella quietud que hacía pensar en la serenidad o la docilidad, aquella especie de tranquilidad que ella parecía tener algunos días, incluso delante de él, a quien miraba como si nunca antes lo hubiera visto, sopesándolo, a él, Paul, con aquellos abrigos y aquellos trajes de lino o de paño oscuro, y aquella dureza en el rostro, aquella severidad que podía llegar a tener, ¿acaso había reído, sonreído alguna vez, él, que se lamentaba desde hacía tanto tiempo de la sociedad de los hombres? Ella sólo recordaba aquella mirada, el hermoso rostro grave y atormentado.

Y quizá se quedaba dormida de tanto esperar, de modo que él la encontraba hundida en aquellas ropas demasiado grandes y con la cabeza caída sobre el pecho; se quedaba de pie delante de ella y contemplaba aquel rostro demacrado y fatigado, los pesados párpados oscuros cerrados sobre aquellos ojos cuya belleza, él, como los demás, tanto había elogiado; ella, Camille, con su vestido, su viejo abrigo y sus zapatillas de fieltro verde que ya no se quitaba nunca; cuando despertaba y lo veía inclinado sobre ella, sonriendo dulcemente, se sobresaltaba y, disgustada, preguntaba cuánto tiempo llevaba allí mirándola, mientras recomponía con un gesto su peinado o, sobre sus rodillas, la tela del vestido, que alisaba a toda prisa para deshacer los pliegues, y luego, tirándole de un brazo para que se sentara en la otra silla, le decía que estaba contenta, tan contenta de verlo.

Me la imagino allí sentada, esperando en silencio y desde hace tanto tiempo que se diría que nunca hubiese conocido rebeldía o violencia alguna, más mansa cada año, y tan resignada que ya raramente pasaba reconocimiento allí abajo; hablaban de la docilidad, de la resignación que parecía tener sentada en aquella silla, mano sobre mano, sin pedir nada, excepto las patatas o los huevos de los que se alimentaba, o que le dieran, otra vez, papel o un cuaderno para escribir; y de nuevo la veían sacar de su bolsillo o del ridículo uno de aquellos cuadernos que siempre llevaba encima y comenzar a escribir, o recorrer con una prolongada mirada las fechas cuidadosamente anotadas, una debajo de la otra, el día y el año de las visitas que él le hacía, por lo general en primavera o verano, aunque la verdad es que no necesitaba verlo apuntado allí para acordarse; ella recordaba, decía, cada primavera y cada verano que él la visitaba y caminaban por los senderos del jardín, o más arriba, hacia las garrigas, envueltos por todas las fragancias de la colina. Se acordaba de todo, de las estaciones, de los años de Montdevergues y los otros, de todas aquellas cosas de las que hablaban los dos; hablaban de Villeneuve y de la vida allí, que no olvidaban, del cielo claro y frío, y de ellos trayendo sacos de yeso y de aljez por el camino de las viñas, y la arcilla, que cogían a manos llenas; hablaban de los bosques, de esos caminos por los que iban y de las colinas de suaves pendientes, de los ríos en los pequeños valles y de la gran llanura azotada por los vientos; hablaban del frío y de las lluvias de noviembre, de aquella suavísima grisalla, y, en la parte baja del cielo, aquella pálida luz que tanto amaban, sí, la línea clara de los horizontes; no lo olvidaban, no podían olvidarlo.

Y me parece que ya por entonces hablaba del final de las cosas. Es decir, que allí, dentro aún del tiempo, ya recordaba, sospechando muy pronto cuánto de todo aquello, de las alegrías o los simples instantes de tregua, iba a desaparecer para no volver nunca más; cuando menos, aquella parte de sus sueños que no solamente reclamaría su tributo, sino que no sabría, en razón de invisibles e implacables leyes, desplegarse con fuerza, y de una manera tan evidente como para arrastrar todo lo demás; a ella nada la apaciguaría jamás.

Así pues, debía de saber que aquella mañana de marzo llegaría, que aquel momento llegaría, fuera o no una mañana de marzo; y grandes y pesados caballos venían a llevársela lejos de casa. Debía de hacer ya bastante tiempo que ella lo sabía, debía de hacer bastante tiempo que la duda y la sospecha hacían su labor, todo así lo indicaba: la espera y el miedo de los que ella habla, la costumbre que había tomado de no salir del taller o, más tarde, de encerrarse en él, y aunque todo se mezclaba aún, alegrías y tristezas –esas repentinas, insospechadas melancolías que sabía disimular con un gesto o una risa–, hacía tiempo que rondaba por allí, como una amenaza, la idea de que nada dichoso o grande podía perdurar, que llegaría un día en que, como en el desenlace de un combate, sería preciso deponer las armas y rendirse, con una de esas rendiciones incondicionales y sin perdón, y entonces todo habría terminado para ella. Todo habría terminado, y ambos tendrían, ella y él, mucho que decirse al respecto, precisamente porque nunca hablarían de ello. Ni durante aquellos días, ni después.

Aquella mañana de primavera, tibia y gris, una de esas mañanas como las que se dan a veces cuando el viento amaina y deja en el ambiente una especie de tregua, de insoportable dulzura –se comentaba que iba a llover con toda seguridad, o puede que ya hubiera empezado a llover sin que nadie se percatara; gotas pequeñas, dispersas, silenciosas–; sí, aquella mañana cuando, de pie detrás de los postigos cerrados, acechando los ruidos y las voces de la calle como se acecha lo ineludible, oyó los caballos detenerse delante del taller. Oyó los caballos, el fuerte chirrido de las ruedas sobre el adoquinado, y, enseguida, a los hombres que se apeaban del coche y que, hablando en voz baja, miraban hacia donde estaba ella; la entreveían de pie detrás de las lamas de los postigos, y entonces, con un gesto del mentón, uno de ellos la señalaba, señalaba aquella forma pálida, inmóvil, medio escondida y temblorosa detrás de la contraventana.

Aquella mañana, aquel día, que llegaba como llegan los días, como llegan las mañanas que esperamos sin saberlo, y sin palabras para expresarlo; entonces una se calla una vez más, no puede hacer otra cosa que callarse, y sólo sabe mirar a su alrededor, abarcar con una amplia y vasta mirada aquello que la víspera, incluso aquella misma mañana al despertar, aún estaba allí, con su vieja y tranquila costumbre, y una comprende que ya nada será como antes, que es así como acaban las cosas, allí, contra la ventana donde ella permanecía quieta mientras ellos abrían la puerta; era eso lo que ella comprendía al verlos entrar de golpe, con sus ropas blancas –aquella tela de las batas que les llegaban del cuello a los tobillos–, y avanzar algunos pasos, suave, lentamente, como si se acercaran a un animal que quisieran domar; al verlos delante de ella, como los vio ella entonces, comprendió lo que ocurría; los caballos, los hombres que venían a buscarla le pasaban un abrigo sobre el camisón y recogían a toda prisa los enseres de aseo, el resto no lo necesitaría, decían, no tenía que preocuparse de nada, allí donde iba encontraría todo lo que le hiciera falta. Entonces se la llevaban, la porteaban como habrían porteado un paquete, un objeto que estorbara y que tuvieran que entregar sin demora; el camino hasta Ville-Évrard no era demasiado largo, le decían, pero cuando llovía, e iba a llover, los caminos estaban obstruidos y dificultaban el avance de los caballos. Los dos hombres con enormes batas blancas que la sujetaban por los puños y los codos en la banqueta de detrás, el largo y duro asiento de molesquín donde iba sentada, entre los dos; y cuando poco después el coche se puso en marcha, ella se giró, miró la casa y las ventanas, el quai desierto a esas horas, el rostro de algunos vecinos apenas disimulado entre el pliegue de las cortinas, las del piso de arriba y las de la planta baja, al otro lado de la puerta cochera; ella se volvió como se vuelve uno cuando sabe que todo ha acabado y se va para siempre; y cuando llegaron a los bulevares, la lluvia caía de verdad, gruesas gotas cálidas que embarraban los cristales; ella no veía nada, sólo oía los cascos de los caballos sobre los adoquines y las voces, los gritos de la calle, sin verlos tan siquiera enfilar el arrabal ni, más tarde, salir de París; y si preguntaba adónde iban así, lo hacía en voz baja y tan apagada que los hombres apenas la oían; tampoco escuchaba lo que le respondían y tampoco parecía preocuparle demasiado, como si ya nada tuviera importancia; eso debe de ser lo que se decía a sí misma y el motivo por el que cedía de aquella manera.

La lluvia caía, débil y tibia, ella recordaba la lluvia sobre los adoquines, aquella especie de siseo, de crepitar húmedo y suave cuando, al bajar los cristales de las ventanillas, los hombres intentaban descifrar el nombre de las calles. La lluvia sobre el pelaje humeante de los animales, aquellos caballos que oía antes de verlos, como las voces, los ruidos extraños, aquel murmullo repentino del espacio a su alrededor, alrededor de la casa donde ella esperaba sin decir nada, donde le parecía no haber hecho otra cosa que esperar, la desdicha tanto como la felicidad, y aquel final de las cosas en que nadie puede evitar pensar, permaneciendo días enteros allí, acechando su llegada y el suave percutir de los cascos contra el adoquinado, luego las voces llamándola, allí entre los yesos y las arcillas desechados al fondo de aquel taller que ya no abandonaba nunca, como si siempre hubiera esperado aquel momento, o como si siempre hubiera ocurrido así, que vinieran a llevársela lejos de casa, sin decir nada ni tan siquiera intentar averiguar qué pensaba. Y nadie podría decir cuánto tiempo había durado aquello, nadie lo sabía, ni siquiera ella –tampoco los de Villeneuve, que aún la veían, que se acordaban de ella y la ponían al día–, desde el principio hasta los días que siguieron a la muerte del padre, cuando el coche vino a buscarla, no el coche de la familia, decían, ése no, sino el otro, con los caballos y los hombres en bata blanca, allí abajo no habían esperado, y habían dado las instrucciones pertinentes, quedándose en casa cuando llegó el momento, la madre, la hermana, el hermano, sin querer ver ni oír nada de aquel secuestro, de aquel arresto que pedían; cumplían con su deber, decían, y nadie podía comprenderlo, nadie lo comprendería.

Así pues, pensamos que aún debía de oírlos allí; que, ciertos días de lluvia, debía de parecerle que aquellos caballos subían la colina, aquellos dos animales pesados con los flancos empapados de sudor y de lluvia, uno prácticamente blanco y con motas grises, y el otro alazano, reluciente de sudor. Hablaba de aquello, contaba que allí en Montdevergues aún los oía a veces, que sólo los oía a ellos, y también las voces, los ruidos extraños de aquella mañana, en aquella habitación que le habían dado, y más tarde aún en aquel otro pabellón azul desde donde, al mirar por la ventana, veía los tejados claros, las oficinas de abajo y la capilla entre el follaje y los grandes robles, el tronco fino y oscilante de los cipreses que bordeaban los caminos; allí, en el pabellón con los postigos amarillos, y luego en el pabellón con los postigos azules, y luego en otro, y luego en otro más, y siempre era la misma habitación triste y estrecha, con las paredes tan finas que el frío y el calor penetraban con facilidad, y cuando el tiempo se le hacía demasiado largo, pedía que la autorizaran a coger una silla del corredor y la arrastraba afuera, y se instalaba en la escalinata o la hierba cerca de los escalones, y miraba a la gente pasar, a las enfermas, las internas y las mujeres que trabajaban allí, que, de la mañana a la noche, iban y venían con sus batas claras o sus grandes delantales de criadas. No dejaba de oír ni de ver, una y otra vez, aquella mañana de marzo; no habían perdido el tiempo, no tenían tiempo que perder, por lo que parece, no más del que tenían para hablar al respecto; no decían, no escribían nada sobre todo aquello, ni sobre las órdenes que daban, ni tan siquiera para comunicarle que el padre había muerto y que se disponían a enterrarlo. Aunque, extrañado por su ausencia en Villeneuve, el primo, Charles-Henri, le escribía una carta de cuya existencia se enteró aquella misma mañana, leyéndola y releyéndola en el coche que se la llevaba, mientras que con un único pensamiento, con un único y desgarrador sufrimiento, comprendía todo cuanto había que comprender acerca de la rendición y el final de las cosas, y también que, habiendo muerto uno, y estando el otro siempre fuera, en sus ciudades y sus países extranjeros, ya no quedaba nadie en Villeneuve que no la mirara con fastidio e irritación y, por supuesto, también con una hostilidad que ya no era preciso enmascarar; ya sólo quedarían allí las dos mujeres, la madre y la hija, que hablaban con una sola voz; y oír esa voz no era demasiado agradable, nunca lo había sido.

No sabía cuánto había durado, cuánto tiempo había permanecido allí, entre los dos hombres, con la carta en la mano, sin ver ni oír nada excepto la lluvia contra los cristales, y el suave y singular rumor de la ciudad a su alrededor; habían viajado interminablemente hasta que –y no sabría decir cuánto tiempo había pasado y si ya era de noche u otra vez la mañana– vio aparecer la gran mansión gris al fondo de su jardín, y llovía, una lluvia triste y débil de marzo; llegaron, hombres y caballos, al final del viaje; le decían que estaba en Ville-Évrard, cerca de París, donde la esperaban, y la hicieron apearse, cargando con su equipaje y conduciéndola hasta la terraza, donde la dejaron, despidiéndose de ella con un gesto, ánimo, mientras se alejaban de vuelta al coche, a los caballos atados al pie de los escalones, dejándola allí, entre todas aquellas mujeres a las que obligaban a ponerse en fila en los refectorios y los caminos, o más tarde en la escalera que llevaba a las habitaciones y a la buhardilla, a las camas de hierro que había detrás de las sábanas colgadas en las barras, que reservaban a las más pobres, entre toda aquella gente que le hablaba y le decía que no querían hacerle daño; aquí, le decían, nadie quería hacerle daño a nadie, ella los miraba sin decir nada, sintiendo cómo, junto con el miedo y el desasosiego, crecía la cólera, más tarde hablaría de miedo y cólera, y del desconocimiento, por su parte, de lo que pasaba, escribiendo, aquel día y los siguientes, a aquellos cuya dirección, no se sabe cómo, aún conservaba, que la habían metido en un redil enrejado en compañía de locos entre los cuales intentaba comportarse lo más amablemente que podía, e invitándolos, para que pudieran comprobarlo por sí mismos, a coger el metro hasta Saint-Mandé y después el tranvía hasta Ville-Évrard, donde los esperaba; allí estaría, escribía, la verían tras las rejas.

Aquella última mañana en el quai Bourbon, adonde Paul ya ni siquiera venía; decía que había renunciado y que no quería ver en qué se convertía, y, mientras, ella ignoraba todo cuanto ocurría, y que él estaría involucrado en aquello, cómo creerlo, organizando cuanto tenía que organizar antes de partir a Alemania, a Frankfurt, donde era cónsul, encargándose de las gestiones con los médicos, con los asilos, además de preparar una y otra vez los papeles, que nunca estaban bien, y disponía de poco tiempo, la madre lo acuciaba y se quejaba de las preocupaciones y las penas que aquella hija les causaba, y decía que ella no podía quedarse sola en aquel lugar, en aquel taller que aún ocupaba, aquello era algo que todos, decía, podían comprender y confirmar, los médicos los primeros, que redactaban un certificado tras otro a propósito de sus ropas miserables y de la suciedad de la que vivía rodeada; tan sucia, escribían, que era evidente que hacía tiempo que no se lavaba, y tan recluida y privada de aire tras sus postigos cerrados que iba a morir. Y cuando, más tarde, el año siguiente, volvía a hablar de ello, era para decir que su hija no había mejorado y que seguía sin poder vivir sola, escribiendo a la familia y los amigos que aquel verano de 1914 en que comenzaba la guerra era preciso trasladarla a Montdevergues, cerca de Aviñón, pero que las noticias eran todo lo buenas que cabía desear, dadas las circunstancias; luego, explicándoselo a ella, terminaba por escribirle un día que todo aquello sólo era algo provisional y que debía intentar comprenderlo: era la guerra, decía, y lo mejor era que permaneciera lejos de los estragos y del sufrimiento que tenían que soportar en Villeneuve, y de Dios sabe qué otras adversidades, hablándole de los combates en las calles y de los cañones que no dejaban de oírse, de poblaciones ocupadas y soldados entrando en casas y jardines; aquella otra carta que ella recibía recién llegada a aquel lugar y que no olvidaría, como tampoco olvidaría aquel tren, el último, que una mañana de septiembre le hicieron tomar en la Gare de Lyon, el viaje interminable entre el olor a polvo, a sudor y a carbón, en aquellos vagones, en aquellos compartimentos asfixiantes y hasta tal punto desprovistos de aire que había quien perdía el conocimiento, diría ella; sí, los dos días y las dos noches padeciendo el calor de aquel verano, el primer verano de la guerra, bordeando pastos y valles; y, cuando más tarde veían las montañas, preguntaban qué nombres tenían y cuándo iban a llegar; aquellos hombres, aquellas mujeres que gritaban durante el viaje, o que no paraban de mecerse en los bancos de madera, y aquella chica tan joven –no tenía ni diecisiete años– que abría la puerta y se arrojaba a las vías, era para preguntarse cómo era posible que alguien hiciera algo semejante y si iban a salvarla, y cuando llegaban a Aviñón el cielo era azul, cálido, y otros coches, otros caballos los llevaban hasta aquella colina donde los dejaban, y pronto iban de un pabellón a otro para llegar a las habitaciones y los refectorios, y marchaban en fila india por los caminos.

Cuando poco más tarde, él, Paul, evocara aquel verano, rememoraría el intenso calor y el campo reverberante de luz, acordándose a su vez del viaje, como quien recuerda algo que conoce desde hace tiempo, imaginándolo, imaginándola, sudorosa y cansada, y sin duda asustada, con uno de aquellos vestidos viejos que llevaba fuera cual fuera la estación y que aquella mañana le hicieron ponerse a toda prisa, aquel extenuante y caluroso mes de agosto lleno de luz del que habla en su diario, y los grandes trenes de refugiados que venían de las Ardenas y en el ambiente, anota él, el sonido de los cañones, el olor a heno y, todavía, el canto de los pájaros, cuando, primero por el norte de Europa y después por Inglaterra, él debía abandonar el consulado en Hamburgo, y ella, en otro tren, partía hacia aquel manicomio, sin saber el tiempo que duraría aquello, los treinta interminables años durante los cuales no vería más que a las otras locas a las que paseaban por aquellos caminos y que de noche gritaban por los corredores y los refectorios donde, desviando la mirada y tapándose los oídos, se las encontraba una y otra vez.

Allí, en Montdevergues, adonde, desde Roma el año siguiente, el segundo año de guerra, él iba a verla, y ella lo esperaba en el parlatorio, inmóvil, con aquel viejo abrigo y aquel vestido demasiado holgado; en aquel comienzo de pasillo cerca de las puertas por las que uno entraba nada más subir las escaleras, y a veces, levantándose, iba de un lado a otro y preguntaba la hora y si era allí donde había que esperar las visitas; él llegaba y la abrazaba, le decía que venía de Italia, adonde lo había enviado el Gobierno, y que el día anterior aún estaba nadando en el mar, en Niza; hablaba del mar en Niza y de las violentas olas que lo habían arrastrado sobre los guijarros de la orilla.

Aquel año, el primero, ella lo esperaba en el parlatorio, y las otras veces él la encontraba allí arriba, sentada en la silla que ella sacaba fuera, cerca del pabellón; la encontraba allí, esperándolo, sobre aquel pequeño cerro desde donde podía ver cómo los coches atravesaban las verjas de la entrada y aparcaban en la plaza que había delante de la capilla, como aquel día, por lo que se dice, en el que él llegó, por primera vez, con el Packard, el enorme automóvil negro que tenía desde hacía poco, y fue quizá el año que murió la madre y él iba a decírselo, quizá fuera el verano que fue a hablarle de su madre —que había muerto la primavera anterior, la primavera de 1929—, o puede que el año siguiente, cuando, aprovechando los largos días de verano, viajó hasta Montdevergues haciendo ruta por Grenoble, Gap y las gargantas del Eygues, desde su *château* en Brangues, a trescientos o cuatrocientos kilómetros de allí, y desde allí se dirigió a Arlés o Aviñón, donde debía reunirse, con motivo de una de sus obras de teatro —en aquella época, *Christophe Colomb* o quizá ya *Soulier de satin*—, con un compositor, con un director de escena; sí, aquel verano de 1930, cuando él vino con el Packard que conducía uno de sus hijos, y hacía tan buen tiempo que habían viajado con las ventanillas bajadas; él hablaba del aroma de los pinos y los tamariscos al borde de las carreteras, y de las lavandas mecidas por el viento, y si llegaba la lluvia, incesante y obstinada, ella, apoyada en el brazo de su hermano, fatigada, enflaquecida dentro de aquellas ropas demasiado holgadas, la acogía con una sonrisa desvaída y cansada, y decía, en voz baja, atropellada, palabras que él no podía oír.

Así pues, aquel verano, sin duda, aquel día de agosto o de junio que él fue, hablaban de su madre, que había muerto, hablaron de ella y del tiempo que había pasado sin verla, ella, Camille, que lloraba y hablaba de sus miedos ahora que su madre no estaba, y de cómo por las noches aún soñaba con ella, a la sombra en el jardín de Villeneuve; pensando en el jardín, pensando en Villeneuve y en los veranos allí, volvía a verla sentada con la otra hija, la pequeña, a la sombra del tilo donde se pasaban tardes enteras cosiendo y remendando las sábanas y los viejos paños y, a veces, alzando los ojos y cuchicheando, parecían observar la casa y las ventanas de la buhardilla adonde ella, que no cosía ni remendaba nada, había subido a amasar la arcilla y moldearla, o a darle martillazos a sus piedras otra vez; la veían pasar tras las ventanas, atareada, con el fuego en las mejillas y los cabellos sueltos, yendo y viniendo de una punta a otra de la buhardilla con sus puñados de arcilla, sus regaderas y su martillo; ella las sorprendía observándola y, enseguida, bajaban la mirada a la labor y se callaban. Cuando se despertaba era para decir aquello, para contar el sueño que había tenido, aquella inquietud, y errar hasta el anochecer por la habitación y por los corredores, aquellos pasillos interminables por los que caminaba sin ver ni mirar nada. Decía que volvía a ver a su madre sentada a los pies del árbol del jardín, que volvía a ver el retrato que le había hecho bajo aquellos grandes árboles, donde se colocaba en verano; volvía a ver, atropellada, confusamente, las penas y las iras, y aquellos días sin fin en que, tomando el cielo como testigo de todos sus sacrificios, la madre se quejaba de aquellos dos, que sólo hacían lo que les venía en gana y que un día acabarían como el tío Henri, aquel loco de veinte años que se había arrojado al Marne; aquella hija, decía ella, que no se detenía ante nada, tan impetuosa y testaruda que una se veía obligada a preguntarse si acaso no estaba buscando matarla de un disgusto, si no era eso lo que ella quería. De modo que Paul se inmiscuía y tomaba partido defendiéndola, pedía que dejaran tranquila a Camille; preguntaba, gritando a su vez, por qué siempre tenían que andar discutiendo en aquella casa, y amenazaba con que un día se irían, él y ella, y nadie, absolutamente nadie volvería a saber de ellos. Discutían a gritos con la madre, llenaban la casa con sus gritos, se alzaban la voz, y cuando, acto seguido, se quedaban solos, no hallaban nada más que decirse, se miraban el uno al otro, y a veces no se los volvía a oír el resto del tiempo, podían pasarse horas callados, no necesitaban decir nada, todo se leía en sus rostros, el amor y el odio, y aquella especie de sufrimiento con que contemplaban el mundo.

Él la encontraba esperándolo allí, sentada en aquella silla en la que se instalaba incluso cuando no iba a verla, mirando a la gente a su alrededor, o bien hojeando uno de aquellos diarios que siempre llevaba encima, e incluso escribiendo a veces, otra vez, aquellas listas, anotando los años, los meses que pasaban, y se pasaba horas enteras allí, aguardando expectante el dolor en la pierna, sabiendo cuándo y dónde volvería aquel dolor, en la parte posterior de la pierna, entre la rodilla y la pantorrilla; acechaba el dolor, atenta y ya resignada, pensando en la resignación, en todas las resignaciones, y en aquello que nunca habría cambiado a pesar de los arrebatos y la ira; el resto del tiempo, iba y venía por los caminos, bajaba a las oficinas a buscar una carta, un paquete, y cuando había terminado, subía de nuevo, y de vez en cuando se volvía y miraba la parte baja del jardín, los pabellones que había alrededor de la iglesia y las oficinas; no tardaba en arrastrar la pierna, dicen, se la veía arrastrar la pierna y cojear por los caminos, con una mano en la cadera y agarrando con la otra el papel, el paquete, como antaño, en aquellos atardeceres llenos de fatiga cuando, apenas salir del taller, se detenía y se apoyaba contra el muro o la puerta cochera que había allí, y después se ponía a cojear por las calles, comprendiendo que tenía que cojear cuando llegaba el cansancio, o quizá ya la tristeza, viéndose cojear, mirando el pie, la pierna, la herida invisible.

París, adonde un día se mudaron la madre, el hermano y la hermana –la seguían como se sigue a un maestro, a un cabeza de familia– para que ella estudiara escultura una vez conseguido el permiso del padre, instalándose en aquellos apartamentos que alquilaban en la Île de Saint-Louis y en los barrios de Montparnasse, donde se encontraban la Academia y los talleres, mientras que, sin dejar de repetir lo imprudente, lo peligroso de aquella decisión, con lo impetuosa y violenta que era aquella hija, la madre la reprobaba continuamente y ponía como ejemplo a la hermana menor que, por supuesto, estudiaba música pero, como todas, también aprendía, sobre todo, a llevar una casa y todas aquellas cosas que una joven debe saber para casarse y críar a sus hijos, así que no había ningún problema con que la hermana recibiera todas las clases de música que quisiera en París, y que Paul estudiara en Louis-le-Grand; sin duda, ni la una ni la otra, la madre y la hermana, le perdonaban haber tenido que abandonar Villeneuve por ella y su dichosa escultura, ni que las cosas hubieran tomado el curso que habían tomado, y muy pronto todo entre ellas se regatearía, se negociaría, amor y dinero, y el poder que cada una, entre amargas y ruidosas recriminaciones, pretendía ejercer sobre la otra.

Y a esculpir aprendía, nadie podía decir lo contrario, ni siquiera aquellos que consideraban que no tenía necesidad alguna de hacerlo; nadie podía discutir que ella ya sabía. Aprendía como aprende quien ya sabe, igual que aprendía aquello que llegaba, inevitable, y que aún ignoró durante algún tiempo, sin preocuparse demasiado y cojeando por las noches como aquellos a quienes, según se dice, algo les atormenta hasta el punto de tener que ocultarlo, pequeña y menuda, con aquella belleza de la que todo el mundo hablaba, aquellos ojos, aquellos cabellos gloriosos; y muy pronto el maestro estaba enamorado como nunca lo había estado; él, Rodin, en aquel taller de rue de l'Université donde él la admitió como alumna y adonde ella iba ahora cada día, sentándose siempre en la misma sillita, cerca de las puertas del fondo; nadie más se sentaba en aquella silla, ni se quedaba de aquella manera en un rincón del taller; ella lo llamaba señor Rodin, él hablaba o simplemente se limitaba a mirarla en silencio mientras ella amasaba toda la arcilla, todo el barro que hubiera que amasar; amasaba, modelaba para él manos y pies; él decía que así se empezaba, ella amasaba como si empezara, no pensaba más que en amasar, en empezar; y cuando había acabado con la arcilla decía que iba a tallar la piedra, a trabajar en algo que debía aparecer, surgir de la masa informe y que ella veía enseguida; ella veía enseguida aquello en lo que se transformaría la piedra, a mazazos, con golpes llenos de rabia, de fervor.

Y los otros, alumnos y modelos, aún no se daban cuenta de nada, excepto de que ella esculpía mejor que nadie, tallando una y otra vez la piedra, con las manos, con los brazos, con el cuerpo entero como nunca habían visto hacer al maestro, y, decían, ignoraban de dónde provenía aquella fuerza, aquella fiebre que parecía poseerla. No paraba de dar forma a los rostros, a las manos que él pedía, y a veces incluso, encontrando el tiempo, trabajaba en obras propias que tampoco firmaba, reproduciendo los rostros, los cuerpos y todo el tormento que ella veía, y todo aquello se parecía, decían; compartía el mismo aliento, la misma luz increíble, aunque más tarde, cuando en la buhardilla de Villeneuve se encontraran los yesos y las terracotas, no podría decirse si se trataba de obra propia o de esbozos que realizaba aún a petición del maestro, para sus trabajos; era imposible saberlo. Sí, aquellos días, aquellos meses en los que aprendía junto al maestro, aquel pequeño hombre vigoroso, fornido, que sólo sabía esculpir y que la había aceptado en su taller; se decía que era su alumna favorita, pero también que se interesaba por ella como no se interesaba por nadie, pues ya no era el mismo, todos podían ver cómo la miraba y cómo perdía el interés por todo cuando ella se ausentaba –una contrariedad, algún capricho de esos que a veces tienen las mujeres, nadie sabía dónde estaba ella en aquellos momentos–, y cuando volvía a aparecer, él se guardaba mucho de decir nada, esperaba a que ella hablara, en ocasiones días enteros. Deteniéndose a veces, él la miraba en medio de aquella luz, entre aquel polvo pálido y gris, casi blanco, del taller del Depósito de Mármoles[2] en el que se encontraban, y cuando, a su vez, ella se giraba hacia él, él mantenía la mirada firme y persistente del hombre tranquilo y seguro de su deseo y de todo su vigor masculino, sí, aquella serena y perturbadora certeza de que era él, el hombre, quien decidía sobre las cosas, y sobre la mirada y aquello que la mirada transmitía; luego él decía las palabras oportunas, y lo que esperaba que ella hiciera, allí, por él, y a toda prisa, entre toda aquella piedra y todas aquellas arcillas que se secaban demasiado rápido.

Más tarde, si pensaba en ello, no sabía cuándo ni cómo había empezado, ni tampoco el tiempo que había durado; le parecía que los días se mezclaban unos con otros, indistintos, en una especie de lejana y pálida luz, aún brillante, igual que las suaves e irisadas brumas de septiembre sepultaban las sombras familiares de los árboles, de los tejados y de las casas; más tarde ella intentaría saber, reconocer en aquella confusa y tornasolada sucesión de días, el momento en que todo comenzó, la primera emoción y la primera turbación, y todos los silencios, todas las dudas, todas las miradas a hurtadillas; sí, aquello que llegaba y que ellos aguardaban, y a lo que no habrían sabido renunciar, allí, entre todos aquellos rostros, entre todos aquellos miembros esparcidos por el taller, aquellos miembros que modelaban y esculpían incesantemente, y el tiempo pasaba, ella no habría sabido decir cuánto, desde los primeros días en el taller hasta aquella estación tan bella y brillante del año 1884 o 1885, cuando empezaron a amarse; aquel amor, aquel odio, poco importa, que, más tarde, tratando de arrancarse como se arranca un gusano, ella maldeciría para siempre; pero por el momento ella estaba allí, a su lado, alumna sumisa y durante el tiempo que hiciera falta, increíblemente solícita, trabajando con aquella fuerza que nadie sabía de dónde venía; y por la noche, cansada, cojeaba –podía cojear todo lo que quisiera con lo hermosa que era–, y por la mañana bastaba una mirada para reanudar, en su propia carne, aquello que se había dicho el día anterior en el mayor de los silencios, para retomar, donde la habían dejado, una incipiente turbación, una incipiente agitación; y allí estaban los dos, sin pensar en nadie más, la alumna y el maestro a quien pronto se sometería antes de someterlo a su vez, prolongando el tiempo, prolongando la turbación y la espera; y no se trataba de ninguna artimaña o coquetería, sino de preservar, sin duda, todo cuanto había que preservar de la rara paz de aquellos días, como si ella, que nunca había amado, vislumbrara ya todas las conmociones y violencias que la aguardaban.

Nada, pues, le indicaba cómo comenzó; cuanto se sabe es que, un cuarto de siglo mayor que ella, él lleva dibujadas en la cara, en toda la masa del cuerpo, esa rudeza, esa fuerza tranquila que reclama el consentimiento y la turbación de las derrotas; y en la mirada, la transparente claridad de aquellos que nunca dejan de soñar. ¿Se trata entonces del sueño, que aún está ahí, o de la emoción de un cercano sometimiento?, ¿es la fuerza de la sangre? Ella, que una noche decide que todo aquello –las miradas de soslayo y las frases sin terminar, aquella especie de ebriedad que es preciso ocultar, que es preciso disimular– ha llegado a su fin, pues lo que ella necesita ahora es algo distinto, y esa otra cosa es él quien se la da. Sólo puede ser él.

No se sabe cómo empieza, ni quién de los dos decide un día –o, sin tan siquiera decidirlo, instintivamente– dar el paso que hay que dar, una tarde que alumnos y modelos ya se han ido y que ellos se quedan solos en la rue de l'Université, o quizá –¿no será ahí donde todo ocurre, donde nadie puede sorprenderlos a esas horas, sobre todo Rose Beuret, la vieja, la fiel compañera?– en el taller de ella, en la rue Notre-Dame-des-Champs, que ella comparte con la inglesa Jessie Lipscomb, pues Jessie ha ido unos días a Nottingham a visitar a su familia, o quizá a Wight, de vacaciones o por algún compromiso. Sería allí, en aquel pequeño taller donde ella no tendría que temer la llegada de nadie, adonde irían a tomar una última copa –champán quizá, que él habría llevado, o uno de aquellos vinos tintos que tanto les gustaban– después de salir del restaurante al que él la ha llevado; sería allí donde, al caer la noche, pensarían esconderse, donde, en un caos de sábanas arrugadas, entre las copas y el ramo de rosas que él acababa de regalarle, se beberían el vino, el champán y, tomándola enseguida en sus brazos, la estrecharía contra su cuerpo, le quitaría la ropa despacio, y poco a poco ella se abriría por completo, buscando el placer que desconocía, ignorándolo unos momentos todavía, hasta que se puso a gritar, allí, sobre el diván, donde no paraba de revolverse mientras él la contemplaba arrobado, diciéndose que era él quien le daba ese placer, y preguntándose, como ella, de dónde surgía aquel grito, aquella violenta marejada que le sacudía el cuerpo entero, un cuerpo que gozaba sin entregarse, que no se entregaba, lejos para siempre, amoroso y lleno de odio.

Y pronto, cediendo a su petición, noche tras noche ella posaba para él, que amasaba la arcilla, modelando su rostro una y otra vez. Ella era la Aurora, era la Danaide, era Francesca, todas y cada de una de las mujeres que él representaba. Se decía que era incapaz de apartarse de ella, y que no podía dejar de representar su rostro; como un ídolo, ella surgía de sus manos, blanca y viva y con casco de piedra, o bien dibujaba con sus lápices aquellos cabellos que ella tenía, a su alrededor la masa deslumbrante que le ceñía el cuerpo y los riñones e incluso las piernas dobladas debajo de ella, y en el rostro, que ella giraba, uno podía atisbar la grácil redondez de una mejilla, el nacimiento de la nuca, y a veces él se levantaba e iba a buscar una lámpara con la que iluminaba un mármol antiguo, un rostro, el torso de un dios o una Venus romana que acababa de comprar; sosteniendo la lámpara lo más cerca que podía del rostro o el torso divino, del vientre femenino, y luego, desplazándola de un lado a otro, hacía aparecer la forma, y hablaba de modelado incomparable y de una carne más viva que ninguna carne que hubiera vivido jamás. Lámpara en mano, giraba un buen rato alrededor de los cuerpos, diciendo que compraba fragmentos de dioses, que contemplar aquello era la felicidad. Noche tras noche, ella estaba allí, delante de él, que la dibujaba, que modelaba su rostro, o bien le mostraba fragmentos de dioses y, llegado el momento, abriéndole los brazos, la tomaba una y otra vez; con los labios entreabiertos, ella se quedaba dormida sobre los cojines del diván; un suave hálito, una pequeña respiración levantaba un mechón que se le había escurrido sobre la frente, y cuando se despertaba él estaba inclinado sobre ella, rodeando sus hombros con un brazo, y le decía muy dulcemente que era hora de irse; ella se levantaba y regresaba a casa de los padres, y al día siguiente en el Depósito de Mármoles, donde volvía a verlo, apenas se hablaban o se miraban; delante de los demás –alumnos, modelos–, lo ocultaban, creían ocultarlo aún.

Y cuando aquel año volvió a Villeneuve en verano, la veían correr y cantar por los caminos y se decían que algo, no sabían qué, había cambiado; ella iba y venía alegre y risueña, y tan conciliadora ahora que todos se preguntaban a qué se debía. Aquellos domingos de verano, cuando ella salía con su vestido blanco por el camino de las viñas y, de repente, en mitad de aquel polvo pálido y brillante, empezaba a correr, a bailar de un talud al otro, y a veces cantaba; aquellos domingos en los que él tanto pensaría; una y otra vez, él, Paul, la vería cantar y correr con su vestido blanco, cegador por el exceso de sol, y detrás de ella, en la luz azul en la que reverberaba el calor, los tejados del pueblo, el campanario y los árboles de la gran plaza; él la veía correr como nunca por los caminos, la veía y parecía comprender que ya no era la misma, que nunca volvería a serlo, aunque él no olvidaba, no lo haría jamás, ni a la hermana que cantaba y reía, ni el vestido que llevaba, hecho con una vieja y ligera tela blanca, vagamente coloreada por el sol, en algunas partes se adivinaban una especie de líneas, de rayas de un ocre claro; hacían pensar en una sábana que hubiera pasado mucho tiempo doblada en una cesta donde el sol, la luz, cayendo siempre en los mismos lugares, habría dibujado grandes trazos de color óxido; una sábana antigua o una vieja cortina a partir de la cual había cortado el vestido, de cuerpo estrecho y falda ancha, esa especie de corola que ceñía el terciopelo oscuro de una cinta; ella decía que le gustaban los vestidos viejos, los vestidos que no parecían haber sido hechos el día anterior. Sí, aquel verano, el primero, aquel verano que no quería acabar, cuando, más tarde, con el otoño y la tibieza de septiembre, cada cual pudo creer que aquella dulzura, aquella gracia nunca acabarían; septiembre, cuando, de regreso en París, retomaba el camino a los talleres y lo encontraba allí, a él, Rodin, atormentado y preguntándose si volvería a verla, y entonces ella se reía, se reía sin parar y le preguntaba qué le pasaba.

Y sin hablar del amor ni del trabajo, sin contar nada de lo que pasaba, no tardó en adelgazar, y se le marcaron las ojeras, y resultaba evidente cuando uno la veía por la noche, arrastrando la pierna de aquella manera y caminando con aquel paso que ella tenía, lento y aplicado, como si le costara andar, o como si quisiera conservar el aliento y la entereza que le quedaban, o incluso como si estuviera madurando un pensamiento, una pena incipiente, marcando el ritmo con el vaivén de sus caderas; sí, aquellas noches, las últimas, cuando al salir del taller del maestro se dirigía a casa de los padres, y le parecía entonces que no hacía otra cosa que abandonar noche tras noche el taller, abandonar al maestro y volver a casa de los padres, donde nada era, ni podía ser, como antes, y aquello que quedaba por ocultar, ella lo ocultaba lo mejor que podía, retirándose sin decir nada, para limpiar el vestido y la bata manchados de yeso y arcilla y lavarse, y más tarde, en la cena, distante o voluble, hablaba de todo y de nada, de las cosas de las que aún podía hablar, incluso del maestro, al lado del cual no paraba de aprender, y ellos la miraban y no sabían qué pensar.

Allí, en aquellos apartamentos que alquilaban y abandonaban uno tras otro, y adonde ella seguía volviendo de noche, cuando no pretextaba algún viaje o alguna tarea que debía terminar para el taller, y ya entonces, sin querer creerlo, sin poder creerlo aún, él, Paul, escribía y hablaba de árboles que llamaban y que sólo podían dar órdenes, y también de la muerte y los amores imposibles, de mujeres subyugadas y cautivas que habían perdido el juicio, y cuando en aquellos momentos hablaba de soledad era en su soledad en lo que pensaba, cuando, comprendiendo lo interminable de las noches, la veía alejarse, más tranquila o más briosa según el día, no tenía nada más que decir, sólo quedaban el tedio y la confusión, y aquella tristeza que, sin sospecharlo, él aceptaba. Sí, sin duda él era el primero en comprender lo que pasaba con aquel amor que los dominaba a ambos, maestro y alumna, y con ella, su hermana, que se embriagaba como se embriaga uno de lo celeste, y muy pronto él diría, escribiría, que, a pesar de aquella ebriedad, a pesar de aquella felicidad que ella parecía haber encontrado, ella se perdía, se perdía irremisiblemente. Él escribiría que amar así era perderse.

Ella se aturde, se embriaga. Debe de ser amor. Cuando menos, exaltación, y también una especie de calma, o más bien de apaciguamiento, al ver cómo esa cosa, ese sentimiento, se eleva bien alto en un corazón que queremos seducir, como grandes y fuertes velas tendidas al viento en mitad del mar.

Pues, sin duda, ella pretende seducirlo y conquistarlo realmente, esto es, conducirlo poco a poco a la rendición. Ella quiso seducirlo en la misma medida en que ella había sido seducida por él. Todo así lo indicaba. La edad de él y la de ella, la de una hija que habría tenido antaño, no hace tanto tiempo, dieciocho, diecinueve años a lo sumo, y que él habría mimado y protegido muy especialmente; como lo indicaba la admiración que ella sentía por su persona, por el hombre y el escultor, por no hablar de la fama, del revuelo que ya empezaba a suscitar su nombre, y la fascinación no andaba lejos, una turbación, una zozobra quizá, al comprender que estaba allí, tan cerca de aquel hombre que decía que no podía vivir sin ella, que no podía pasar un solo día sin verla, aunque fuera de lejos. Era embriaguez, sin duda, y también cierta obstinación en conseguir lo que ella quería, cuando lo prohibido, lo reprobable estaba allí, a dos pasos, atraída como estaba –sin saberlo siquiera– por aquello que todo el mundo condenaría, atraída por la rabia y los combates y la vieja exigencia de vencer. Así que el resto no quedaba demasiado lejos, estaba allí, al alcance de la mano, de la mirada; ella lo sedujo y después lo conquistó, y para ello no hubo de hacer demasiado. La belleza, la naturaleza viva y excéntrica, y aquel don que ella tenía, que nadie sabía de dónde le venía, de extraer de la arcilla, de la piedra, lo profundo y lo trágico de un sueño, y también, ya empezaba a comentarse, lo más indiscernible, lo más efímero. Ella lo sedujo, y, hecho esto, muy pronto se embriagó de amor.

Y Paul comprendía, una vez más, que aquello sólo era el principio, pues pronto ella ya no podría seguir regresando de noche a casa y encontrarse a la madre, la hermana, el hermano sentados a la mesa para cenar, mirándola sin saber qué pensar, ni tampoco podría continuar compartiendo el taller de la rue Notre-Dame des Champs con Jessie Lipscomb; tenía que estar el máximo tiempo posible con aquel hombre que era su maestro y a quien ahora amaba; y, sin decir nada, partía con él a Turena, tomando el tren, luego la vieja diligencia que cruzaba los viñedos, camino del campo; y nadie sabría que los dos estaban allí, en aquel *château* de Islette adonde iban a esconder su amor como se esconde aquello que uno debe callar y que todos deben ignorar; nadie lo sabría, ni la gente de París ni los amigos, ni, por supuesto, aquella mujer, aquella Rose Beuret con quien él vivía desde hacía tanto tiempo y a quien parecía tener que resguardar. Se retiraban allí, a aquel *château* donde nadie sabía que estaban, y entonces ella, Camille, se decía que nada de aquello tenía importancia: ni aquella mujer, ni aquel secreto que él le pedía; día y noche se amaban en las habitaciones de paredes floreadas, entre las cretonas y las indianas y su olor a polvo y a rica campiña, entre las telas recargadas que parecían hablar del tiempo y la fatiga y los placeres dulcísimos; él la tomaba una y otra vez bajo las flores de los baldaquines y decía que el verano era hermoso, uno de los más hermosos de su vida. Durante mucho tiempo, ella no pareció querer otra cosa que aquel cuerpo pesado, macizo, encima de ella; embestidas de aquella bestia pesada en su vientre, que descubría aquel placer y no pedía otra cosa, excepto tallar en piedra aquellos cuerpos desnudísimos que se entregaban, que se abandonaban, aquellos cuerpos que ella convocaba, cerca o lejos de él, aquel aliento magnífico que salía de los lienzos, y entonces nada era ni podía ser como antes.

Ella se decía eso, y pronto, de vuelta en París, ya no se lo decía, y buscaba retenerlo más a menudo en el pequeño taller que él alquilaba para ella en el boulevard d'Italie[3], contando los días, las noches que él no pasaba allí porque volvía a casa, donde la otra lo esperaba. Sí, pronto robaba a los amigos y la familia los días, el tiempo que el amor exige y medía el tiempo que él le dedicaba, lo contaba y lo descontaba, y quizá fue uno de aquellos días cuando, paseando por el boulevard d'Italie, descubrieron aquella vieja *folie*, aquella casa bella y grande, abandonada detrás de sus rosas y sus bojs, que pronto visitaría con él, yendo y viniendo por las escaleras y las habitaciones, y corriendo por los caminos del jardín, diciendo que le gustaban las casas y los jardines, y que a aquella casa, que él no tardaría en alquilar, sólo irían ellos; escondida tras los árboles y los arbustos del boulevard d'Italie, una de aquellas viejas construcciones abandonadas cuyos muros y balcones se deshacían en una polvareda de yeso y óxido, y las zarzas y las flores silvestres invadían los parterres y las veredas que ellos recorrían envueltos por el aroma tibio y penetrante de los bojs, de las viejas rosas, y París, decían ellos, París parecía quedar muy lejos; cuando regresaban a las terrazas, veían el sol ponerse sobre los tejos del estanque, altos y tupidos, y tan frondosos que parecían una muralla; hablaban de los tejos y de los bojs, de las viejas rosas y de las habitaciones, a las que regresaban; hablaban de aquella casa, que él alquilaba para convertirla en un nuevo taller y, sobre todo, para que ambos pudieran verse allí, como hicieron Sand y Musset, que, por lo que se cuenta, se amaron en aquel lugar. No paraban de hablar de aquella *folie* Neubourg, decían que les encantaban las casas, que necesitaban una casa como aquélla; él convertiría en su taller la pieza grande y espaciosa del fondo, donde estaba la escalera, y acondicionarían una de las habitaciones de la planta de arriba; amarían aquella habitación, la gran cama allí arriba bajo los damascos y los lienzos, y la luz que había cuando las persianas no estaban echadas, la suave luz pálida que se reflejaba sobre el entarimado y en los espejos al fondo de las habitaciones. Visitaban la casa y pronto tomaban la decisión, ella decía que era todo cuanto quería, y cada uno comprendía, aquellos días que ella iba y venía feliz y parloteando sin decir nada, un balbuceo infantil, liviano como el aire y lleno de alegría, aquellos instantes que ella saboreaba como si se encontrara dentro de una burbuja tornasolada y ligera, y tan vivamente irisada que se aturdía, ebria, embriagada de no se sabe qué, y toda su sangre se agolpaba y la arrastraba como una ola. Se veían allí, en aquella enorme y vieja casa donde ella pasaba algunas noches, escribiéndole a la madre que tenía que viajar por asuntos del maestro, y que esperaba, decía, que allí en París todo el mundo estuviera bien, y les enviaba besos a todos, no se olvidaba de mandarles besos. Aquella *folie* donde a veces ella se quedaba a dormir, dedicada por completo a estar a solas con él, y sin pensar en nada ni en nadie más, excepto en lo que iba a hacer con la arcilla, el yeso y el mármol de Italia, aquellos dos que se amaban y volvían a verse, por lo que se dice, tras años de separación[4]; la mujer que, inclinándose –sin acabar de apoyarse del todo en él– sobre el hombre arrodillado delante de ella, ya se entregaba, no dejaba de entregarse; y cuando ella hablaba al respecto era para decir aquello, para hablar de aquel amor, de aquel abandono al que ella daba forma, y del cuerpo que se entregaba, que no podía, que nunca podría dejar de entregarse. Aquella *folie* donde, por las tardes, después de que él la tomara, ella se levantaba y se iba a tallar la piedra alrededor de un rostro, de una cadera, girando obstinada alrededor de los cuerpos, los vientres y los riñones, como enfebrecidos, y aquella embriaguez no era inventada, como tampoco el cuerpo inclinado, el cuello y la nuca suavemente flexionados, aquel rapto lejos de todo; y él, hablando de ídolo y adoración, los representaba a su vez, o a otros que se les parecían; cuando más tarde las esculturas se exponían, uno se preguntaba quién había tenido la idea primero, si el maestro o la alumna.

Y pronto ella los representaba en aquel vals[5], en aquella danza amorosa, tan lenta que se hubiera dicho que estaban inmóviles, el uno delante del otro para siempre, los mismos que, amándose, se deseaban sin fin, que no podían separarse, que no se separaban jamás; la mujer inclinada, abandonada sobre el hombro del hombre que la estrecha más y más; aquella idea que ella tenía y que año tras año modelaba, que luego tallaba en la piedra, y decía que aquello no había hecho más que empezar, que aquello no acabaría nunca, mientras modelaba para él manos y pies y también, con aquella manera que ella tenía de trabajar, otras cosas que él le pedía: costados, cuellos suavemente flexionados, y aquellos brazos y rostros que nadie sabría luego de quién eran, si de él o de ella; todos aquellos fragmentos, todos aquellos yesos que ella seguía sin firmar, a excepción de los bustos que hacía de los suyos, allá en Villeneuve, e incluso en París, pidiéndoles posar a todos, también a las criadas, a quienes hacía sentarse durante horas en sillas y taburetes; sí, a todos menos a la madre, de quien no se conocería rostro alguno, ningún busto, como tampoco –zafándose cada vez e invocando el trabajo que tenía por hacer– se la vería posar para su hija, a menos que fuera la propia hija quien, por lo que se dice, a falta de las ganas y del valor, nunca se lo hubiera pedido, ni siquiera en uno de aquellos arrebatos algo locos que tenía en los momentos de felicidad, de modo que en ningún momento habría acariciado aquel rostro, aquellos hombros, con sus manos, con sus dedos; parecía que había rostros y hombros que no se dejaban acariciar, y miradas que no estaban hechas para mirar, para ver nada de cuanto hubiera ante ellas, desde hace tanto tiempo.

Sí, sin duda aquello sólo era el principio; ella los dibujaba por todos lados, en los cuadernos, en los álbumes, y enseguida calentaba la tierra y la modelaba, modelaba los cuerpos que se abrazaban y entregaban, aquellos días, aquellas noches en los que trabajaba hasta la extenuación, por lo que se dice, como si, ebria ella también, fuera incapaz de detenerse; y cuando reaparecía, escudriñaban el rostro que cambiaba, y aquellos ojos que ahora ella les hurtaba, mientras que en la Île de Saint-Louis, donde había encontrado casa, él no paraba de escribir, él, Paul, frecuentando de noche las casas de poetas o novelistas, adonde ella lo acompañaba a veces: la casa de Mirbeau, la casa de Huysmans y la casa de

Mallarmé, de quien decía que era un gran poeta, pero no tan grande, añadía, como Balzac, Bossuet y Chateaubriand; no se sabía quién de los dos acompañaba a quién, a él le gustaba estar allí con ella, a quien se rendía homenaje; ella se sentaba en un pequeño sillón verde cerca de la chimenea, las rayas del vestido se desplegaban sobre el reposabrazos, sobre la brillante pasamanería, y todos la miraban y la admiraban, y callaban tan pronto hablaba; era fácil hablar en aquellos días: las palabras, la felicidad estaban ahí, y la obra: que iba haciéndose; no necesitaba nada más.

Así pues, aquella mujer era su hermana, poseída por el amor y creyendo enloquecer en medio de aquel remolino, de aquel abrazo desenfrenado; y aquella historia, aquello que ella le mostraba, no tenía el más mínimo sentido ni lo tendría jamás, pues vivir de aquella manera era morir, perderse.

Era ella, sin duda, sólo podía ser ella, y pronto, como si él fuera incapaz de comprender, evocando penas irreparables y las cosas que se perdieron para siempre, se iba a la otra punta del mundo, a aquellas ciudades, aquellos países en los que no dejaba de pensar, y cuando uno vuelve de tan lejos, y después de haber estado allí tanto tiempo, decía él, ya no es el mismo, no puede serlo. Sí, los últimos meses, los últimos tiempos en París, cuando ella intentaba hacerse a la idea, a aquella ausencia y, pronto, anotando cada una de sus partidas y cada uno de sus regresos, ella decía lo que suponía ver partir a los que uno ama, verlos subirse a trenes y barcos, y tener que sobrellevar aquellos adioses, la pena de quedarse allí. Él se iba a América, a los Estados Unidos, cuya lengua apenas conocía, a Nueva York y Boston, y hablaba de la soledad y la falta de dinero, y cuando dos años después, en 1895, estaba de vuelta era para marcharse a Shanghái. Se iba a Shanghái y a Fuzhou. Se iba a Tokio, a Indochina y a Brasil, y luego a Copenhague y las islas de América, y a veces ella lo acompañaría a coger el tren hacia El Havre y Marsella, donde lo esperaban sus barcos, o hacia uno de esos consulados en Europa adonde lo destinaban; él partiría y hablaría de exilios y separaciones, de regresos aún mas tristes que las partidas, cuando decía que uno volvía más extranjero que el extranjero.

Sí, como si él fuera incapaz de comprenderlo. Él, que hablando de muerte y de amores imposibles, también amaría, y de la forma más irracional que pudiera imaginarse; que, pensando saberlo todo y diciendo siempre qué había que hacer, pronto se enamoraría de aquella mujer, aquella extranjera que había conocido en el barco de China, allá, en pleno océano Índico, bajo un cielo blanco luna, la mujer de larga melena rubia; y aquello duraría tanto tiempo, aquel amor, aquel sufrimiento, que hablaría otra vez de muerte y de hiel, y del tiempo que aquello tardaba en morir. Él también amaría, no dejaría de amar, y diría un día que con aquel amor él había conocido toda la muerte que precisaba, había conocido a aquella mujer. Y cuando diez años más tarde aquella historia llegara a su fin, ella, Camille, sería ya aquella extravagante a la que nadie podía comprender, y entonces le escribirían a él, allí, a los consulados de Praga, de Frankfurt y de Hamburgo, para hacerle saber cuánto había empeorado el estado de su hermana y lo preocupados que estaban en el barrio, y preguntándole si era prudente dejarla en aquel taller del que no salía nunca y donde ya ni siquiera abría los postigos, por no hablar del escándalo que formaba cuando la emprendía a martillazos con los yesos y las terracotas que aún realizaba, aquellos fragmentos de cuerpos, manos, pies y piernas que seguía modelando, como en la época en que aprendía a hacerlo, y al día siguiente apilaba los escombros en carretas que ella pedía que le enviaran, y todos aquellos restos y aquel polvo partían hacia Aubervilliers, cerca de las fortificaciones, uno de aquellos vertederos que había en los alrededores de París.

En el barrio se quejaban de ella y del ruido que hacía, y decían que era mejor que se marchara, de modo que hablaron una vez más, la madre y él, y, pensando en el día en que todo empeorara definitivamente, comenzaron a informarse, a buscar por los alrededores un lugar donde acogieran a gente como ella. Concertaban citas, visitaban las casas, los asilos de los que les habían hablado. Y él guardaba silencio, eso hacía, no le contaba nada de todo cuanto se decidía respecto a su persona, considerando que no había nada que discutir, ni tan siquiera que comentar, sobre un asunto como aquél, que no había nada más que decirle a una lunática que se encovaba tras unos postigos perpetuamente cerrados y esperaba Dios sabe qué, quizá que algún día pasara cualquier cosa irremediable. Él callaba y ni siquiera comentaba aquello, que la ingresaban en un manicomio.

La ingresaban en un manicomio y la dejaban allí, en Ville-Évrard, cerca de París, luego en Montdevergues tan pronto comenzara la guerra, y, callando todo cuanto había que callar, él, Paul, no hablaba de nada que no fuera el campanario azul o los tilos de Villeneuve, los campos de colza, el viento frío de noviembre. De los paisajes terribles y de lo que suponía haber crecido en aquella región tan severa, donde no habían tenido otra cosa que contemplar que el cielo y las llanuras interminables, azotadas por los vientos, y de golpe, decía él, empezaba a llover y ya no paraba nunca; aquellas lluvias bruscas, violentas, sobre aquellos llanos, aquella meseta desolada, como bruscas y violentas eran las gentes que nacían y morían allí, y no hacían otra cosa que odiarse y beber el vino de sus viñas, aquella bebida que ellos mismos elaboraban y con la que, día y noche, para darse coraje, llenaban sus cuencos. Él hablaba del pasado. Evocaba Villeneuve y los años allí, y más tarde, cuando volviera a hablar de aquel lugar, sería para recordar juntos los veranos y los otoños de antaño, y quizá también diciembre, cuando nevaba y ella lo llevaba a la meseta a ver las piedras gigantes, quizá se acordaba de la nieve sobre la hierba y la arena, y del suelo, que se hundía lentamente bajo el tacón de los botines, de las faldas que barrían la nieve y golpeaban los tobillos a cada paso, en cada pequeño progreso hacia lo alto, hacia aquello que bloqueaba el horizonte y lo mantenía en su misterio durante un poco más, de modo que la noche caía, decía él, y él se asustaba y hablaba de terrores y regiones pavorosas, hasta que, ascendiendo a lo más alto, de repente descubría el final de las tierras, muy lejos de ellos, y, por encima de la vasta llanura, aquella línea ininterrumpida donde el cielo se detenía suavemente; entonces él decía que desde allí arriba veían el mar.

Lo cierto es que siempre estaban juntos en aquella casa, o en la landa, contemplando cómo el viento arrastraba las nubes en el cielo; caminaban y caminaban en medio de aquel viento, y cuando la borrasca alborotaba sus cabellos, él le quitaba las horquillas y se las volvía a poner entre los mechones que alzaba de las sienes y la nuca, y por la noche, en sus cuadernos, hablaba de chicas que se abalanzaban y empujaban por una noche clarísima, y tenían largas y pesadas melenas y los ojos azules como el mar que se veía a lo lejos. Y pronto, otro año –les parecía que fue muy poco tiempo después–, se encontraban en la buhardilla, donde, poniéndose delante de él, ella lo miraba y, en el mismo instante, o al día siguiente, moldeaba la arcilla, el rostro orgulloso y la amplia y hermosa frente; ella modelaba el rostro, el busto, decía que era Paul a los trece años, a los catorce, y que haría lo mismo cada año que pasara; cada año, decía, moldearía el rostro, el busto de Paul.

Aquellos retratos que ella les hacía allí, moldeándolos en yeso y arcilla, o haciéndolos posar a todos, a uno detrás de otro, para aquellos óleos o aquellas acuarelas que nunca se cansaba de pintar y que, semana tras semana, adornaban las paredes de la casa; también hacía posar a las criadas, a quienes los domingos les ponía flores en el pelo y les pedía que se sentaran en los sillones cerca de las ventanas, y ellas se quedaban allí el tiempo que hiciera falta, sin moverse ni decir nada, con todas aquellas flores y los cabellos sueltos, mientras ella iba y venía delante de ellas, y las peinaba con ademanes enérgicos, y a veces, irritándose con algún gesto de las modelos –alguna fatiga, alguna impaciencia–, o con algo que de repente decían, ella les hacía recuperar la pose con una palabra, con una mirada; y cuando no era, recordaban ellas, el yeso que había que desperdiciar o la piedra que ella les pedía tallar, había días en que la joven señora les pedía que prepararan la piedra, que la desbastaran como ella les había enseñado a hacer, de manera que ella sólo tuviera que ponerse a trabajar la forma; o también, decían ellas, la seguían por el camino de las viñas y la ayudaban a traer la arcilla que más tarde subían a la buhardilla, dejando charcos en las escaleras, de aquellos rojos y azules oscuros que el agua deslavaba, degradaba en distintos tonos de azur, en ocres claros, y luego había que pasar el paño y poner en remojo faldas y blusas. Allí arriba, en aquella buhardilla, adonde ella se retiraba a pesar del calor y del polvo, y no se la veía en todo el día, si no era para que le trajeran una de aquellas regaderas llenas de agua que ella pedía para humedecer la arcilla, mientras modelaba sin parar sus estatuillas –mujeres, gatos, niños– y fabricaba incluso las herramientas que precisaba y las repisas para las estatuillas, y si no lo conseguía, iba a buscar al herrero y le explicaba lo que quería, así que allí todos la veían ir y venir, todos en el pueblo hablaban de su bondad y su alegría, no era como la hermana, decían, la menor, que los miraba con aires de superioridad, ni tampoco como el hermano, a quien veían cuando, llevándoselo hasta las canteras, ella le pedía que arrastrara sacos y piedras tan pesados que no podían con ellos; regresaban al día siguiente con el coche y el caballo, y recogían del suelo lo que quedaba, y cuando estaban de vuelta, ya había pasado la hora de la cena, cuando entraban era la madre la que hablaba, la que preguntaba qué significaba todo aquello, y si iban a continuar haciendo lo que les viniera en gana mucho tiempo. Y a veces, ella corría a través de las viñas con las manos llenas de tierra hasta la casa y lo llamaba, y le ponía en las manos la arcilla blanda y tibia y le pedía que la preparara, también él se acordaba de aquello, y pronto no podía más y se levantaba y, arrojando aquel montón de arcilla, trepaba al manzano del jardín desde el cual admiraba la cresta de las colinas y el bosque, y a veces veía cómo la luna ascendía hasta lo alto del cielo, cuando no tomaba el sendero del bosque, el monte bajo en lo más profundo del cual, al haber dejado de verlo y oírlo, ella lo llamaba y lo buscaba otra vez. Y más tarde se levantaba la bruma, era otoño en aquella casa fría, las habitaciones olían a manzanas y a brasas apagadas, y él estaba bajo aquel edredón de cretona clara, en aquella cama donde algunas noches, demasiado agitado para conciliar el sueño, se escurría para dormir con ella, y no tardaba en abrazarla y respirar su calor, el olor de sus cabellos esparcidos sobre la almohada, mientras le pedía que hablara, que le contara historias; y más tarde aún, se acercaban a la ventana y contaban las estrellas, primero una parte del cielo y luego la otra, abajo y arriba, y todas las nubes claras sobre aquella bóveda oscura donde buscaban pueblos y montañas cubiertas de nieve, mares, estanques en mitad de la tormenta; había noches en las que sólo hacían eso, mirar las nubes y el cielo y contar las estrellas, como seguían haciendo más tarde en el jardín, adonde, poniéndole los zapatos y echándole sobre los hombros algo para abrigarlo, ella lo llevaba, y entonces, de tanto escrutar el cielo, las nubes y las estrellas, enseguida se quedaban dormidos sobre el banco, y por la mañana los encontraban allí, con sus camisas y sus chalecos mojados.

Él hablará del pasado, de los años de Villeneuve. Del resto, no dirá nada, no querrá decir nada de cuanto la concernía, ni de que, conchabado con la madre, la sacaba de aquel taller de los quais y la metía en un manicomio, y cuatro años después ella aún estaba allí, y les escribía para hablarles de los días interminables y del hastío que debía soportar en aquel lugar, y también del frío que hacía en invierno en aquella región, incluso en su habitación, decía, y le salían sabañones y no podía sostener la pluma siquiera, de modo que, meses más tarde, pedía que la sacaran de allí y hablaba de la crueldad de la madre, que no le daba cobijo en Villeneuve, donde, en caso de volver, prometía no importunar ni inquietar a nadie, ni siquiera se movería, hasta tal punto sufría; había sufrido tanto, decía, que no podría superarlo; se estaría quieta y se contentaría con poca cosa, una buhardilla, un rincón de la cocina bastarían.

Escribía, continuaba escribiendo, a la madre y a algunos más, a quienes, no se sabe cómo, conseguía hacerles llegar sus cartas: el primo Charles-Henri, Maria Paillette, e incluso a Polonia, como si no la hubieran ahorcado allí, a aquella Laetitia de Witzleben que los dos, ella y él, conocieron en el pasado y de quien aún hablaban. A pesar de las recomendaciones de la madre, ella encontraba la manera de mandar aquellas cartas en las que hablaba de su reclusión y de todas las calumnias de las que era víctima; y también le escribía a él, Paul, que aquel año, el último año de guerra, galopaba en Brasil sobre playas de arena blanca, en Garuja, adonde se dirigía en barco, según decía, el 25 de julio de 1918; luego, el 29 del mismo mes, a São Paulo, a través de la Serra, la niebla y las *fazendas*; hablaba de la belleza de Brasil y de la tierra que allí había, oscura, fina y tan aterciopelada que parecía tabaco.

Y, muy pronto, en Montdevergues preparaban sus propias cartas a la familia, y se felicitaban por la calma y la obediencia que, a pesar de los contratiempos y las recriminaciones, la señorita Claudel mostraba ahora, y se habrían felicitado igualmente si ella hubiera querido modelar de nuevo, así habrían podido sacar las estatuillas para mostrárselas a los visitantes y las habrían dispuesto por los pasillos y los vestíbulos para que todos pudieran admirarlas; allí, todo el mundo, también los internos, en los talleres, todo el mundo, decían, tenía trabajo que hacer. Hablaban de docilidad y de las buenas relaciones que tenía con todos, y sugerían que se le permitiera estar cerca de los suyos, algo que ella reclamaba constantemente. Aquellas cartas que Louise-Athénaïse recibía la primera semana de cada mes en su casa de Villeneuve, y a las que respondía que no veía cómo la desdichada, en el estado en que se encontraba, podría salir de aquel asilo ni de ningún otro, ni tampoco cómo, con la edad que ahora tenía, podría cuidarla ella, su madre, y con la carta enviaba un paquete, alimento o ropa, esperando que con eso bastara y que pronto todo volviera a la normalidad.

Y eran las mismas hojas de color gris claro finamente rayadas, la misma escritura inclinada, puntiaguda y muy cuidada de aquella otra época en que, preocupada por mostrar su agradecimiento por que hubieran aceptado a su hija en su taller, y quizá también por la admiración debida, invitaba al maestro a sus cenas de París, o incluso de Villeneuve, adonde se retiraban en verano, invitando también a la concubina, Rose Beuret, que ella tomaba por la señora Rodin, y rogaba al maestro que le diera recuerdos de su parte, y en la cena estaban allí, rodeándola, tan envarada en su vestido oscuro con el cuello y los puños de tafetán negro, paciente y mundana y participando de la conversación, preguntando al maestro sobre su arte y sobre todo lo que hiciera falta, mientras contaba el tiempo que tendría que estar allí, hablando y sonriendo y fingiendo interés.

Eran las mismas hojas y la misma escritura, las mismas líneas cuidadosamente trazadas, aunque no tardó en comprender, lo comprendió todo, y ya no escribió más, y se acabó tanta ceremonia y tanta cortesía; ya no lo invitaba a su mesa, ni a él ni a nadie, y en lo tocante a aquella hija suya, la mayor, no tardaría en hablar de deshonra y de oprobio y de descendencias malditas.

Ella lo comprendió, era imposible no hacerlo, aquel día en el que, sin previo aviso, entró en el taller del boulevard d'Italie y la encontró allí dando forma a los dos, al hombre y la mujer que bailaban, tan desnudos y enamorados, que se abandonaban al amor con una intensidad que era apenas concebible; ya podía cerrar los ojos y respirar a grandes bocanadas el aire acre y húmedo del taller, ya podía asfixiarse para siempre, no dejaba de ver lo que veía: la mujer tan desnuda, tan entregada que su hija modelaba sin cesar, y la desdicha, la vergüenza de que algo semejante fuera posible y ella tuviera que saberlo, y luego llamaba al hermano y lo conminaba a decir lo que pensaba de toda aquella historia, sí, qué pensaba de todo aquello, y si aún era capaz de defenderla, y él se quedaba quieto y callado ante ella, y más tarde, de vuelta a su casa, comenzaba a escribir y los representaba a todos, Mara y Violaine y Jacques Hury, uno podía reconocerlos, repudiando con una sola voz a la hermana, secuestrándola tras prisiones invisibles. Sí, los representaba a todos, también a la madre, a quien no olvidaba incluir, y que, veinte años después, lamentándose ante todo aquel que quisiera escucharla, haría que la encerraran; ya no podían, diría ella, dejar en libertad por más tiempo a aquella hermana, a aquella hija, en aquel barrio, en aquella casa donde vivía gente honrada que no veía más que postigos cerrados y gatos merodeando por el patio, que ya sólo la veían al caer el día, cuando salía a buscar algo que llevarse a la boca, cuando no era la gente del barrio la que depositaba en los maceteros de las ventanas huevos, fruta o algún pedazo de queso con los que ella pudiera cenar, viviendo allí recluida como si mostrándose corriera quién sabe qué peligro, rodeada de todos aquellos gatos –¿cuántos podía llegar a tener?– que maullaban y meaban por doquier. Entonces, decía ella, ¿qué diferencia había en que estuviera encerrada en un lugar o en otro? Sí, ¿qué diferencia había?

Es así como la veo, sentada en una de aquellas sillas en las que él la encontraba cuando iba, sentada a veces durante tanto tiempo que las piernas, las rodillas empezaban a dolerle; sentía cómo volvía el dolor en la parte trasera de la pierna, y más tarde, caminando por los senderos que atravesaban el jardín, iba y venía desde el pequeño pabellón donde se alojaba hasta las oficinas del patio de entrada, sí, me parece que no hacía otra cosa que bajar y subir el sendero, aquella especie de repecho flanqueado de cedros y cipreses por el que se llegaba al camino principal y, más lejos, a las oficinas de la administración.

Era por la mañana, y a veces después del mediodía, y cuando llegaba allí, pedía lo que tuviera que pedir, un paquete, o papel para escribir una carta, y si hacía buen tiempo caminaba por la zona baja del jardín, por donde entraban los coches y los caballos, y a veces se sentaba en el banco que había delante de la capilla, donde solía sentarse con él cuando venía, y entonces, recuerda ella, se quedaban en aquel banco hablando del pasado y de todas las cosas que habían salvaguardado en la memoria, hablaban de aquella vastísima memoria y del daño que hacía recordar. Era como si nunca hubiera hecho otra cosa, ir y venir por aquellos caminos, con aquellos vestidos, con aquellos abrigos que llevaba, al margen del tiempo y las modas, y la tela estaba a veces tan desgastada que se veían en los pliegues de los hombros o de la cintura unas líneas de un color más oscuro o más claro; y el sombrero cada año más grande sobre el cráneo, sobre el rostro que se ajaba y que, ahora, en lugar de descansar sobre el casco opulento de los cabellos, sepultaba las sienes y la parte superior de la frente; con aquel bolso del que se la veía extraer un diario o una carta y empezar, allí mismo, sentada en el banco, en la silla donde se instalaba, a ojearlos.

Nunca había caminado tanto, decía, caminaba por aquel jardín, por aquellos caminos que podría recorrer con los ojos cerrados, y conocía cada árbol, dónde empezaba cada sendero, y también aquello que entrevería en cuanto –entre dos cipreses, entre dos enormes encinas– se detuviera para recobrar el aliento; y cuando subía de nuevo por el mismo camino, por el mismo repecho angosto con aquellos peldaños hundidos en la tierra, veía, si era el atardecer, cómo el sol pasaba por detrás del campanario y coloreaba, con una postrera luz suave y conmovedora, el tejado de las oficinas y los primeros pabellones, y una vez arriba, instalándose a la mesa bajo la luz de las lámparas, comenzaba a escribir sus cartas a la madre y a Paul, o a aquellos, cada vez menos numerosos, de quienes se acordaba y que a veces respondían todavía, y cuando se le acababa la tinta escribía a lápiz, también el nombre y la dirección, que apuntaba con una letra grande y meticulosa en el sobre o la hoja que luego doblaba muy cuidadosamente también. Todas aquellas cartas, aquellas notas que continuaba escribiendo para quejarse y pedir que la sacaran de allí, y tan largas que las cosía para que las páginas no se traspapelaran o se perdieran, ni se dispersaran como las hojas arrastradas por el viento, pues entonces, decía ella, habría estado aún más sola, aún más perdida; cosía la carta con hilo y aguja e iba a entregársela al cartero, a quien se la encomendaba rogándole que la cuidara con celo.

Y aquello duró quince años, que ella contó una y otra vez, y durante los cuales, una carta tras otra, había pedido a su madre que tomara el tren rápido para ir a verla y sacarla de aquel manicomio donde se marchitaba, y la madre murió sin haber cogido jamás el tren rápido o lo que hubiera que coger para llegar allí, ni decir nada que no fuera lo que llevaba diciendo desde el principio, a saber, que todo era cuestión de acostumbrarse y que con el tiempo uno se acostumbraba a todo; sí, un día ella, Camille, acabaría por acostumbrarse a aquello, a aquella casa, a aquella distancia –y en aquel momento ella tenía más de sesenta años, no la madre, sino la hija; pronto tendría setenta y decía que no podía olvidar–, de modo que un día ya no pidió nada más, y se sentaba en aquellas sillas, sin moverse, vieja, tan vieja que cuando él venía apenas podía reconocerla.

Sí, aquel día, para ella desconocido, en que, a pesar de las súplicas, los lamentos y los reproches, sin saberlo siquiera, renunció; aquel día que, con una línea invisible, con una frontera invisible, señaló por última vez el tiempo de antes y el tiempo de después, el imposible y doloroso reparto, y el definitivo. Llegó el día en el que ella no tuvo nada más que decir ni que pedir, en el que la rebeldía y la cólera dejaron de tener sentido; ese día llegó, y ¿acaso no estaba ella allí, encerrada y arrepentida, y sumisa como él deseaba que fuera, sin hacer nada que él pudiera reprobarle, escribía él en sus libros, aquella figura clara y nítida delante de él como el plano de una iglesia bien calculado con la regla y el compás? Más sumisa que nunca, y caminando por aquellos senderos, por aquel parque, por aquel jardín donde ella no veía más que a enfermos y locos, y no salía más; vivió allí otros quince años, los últimos, y eso haría treinta en total, errando por allí arriba los días de buen tiempo, entre los árboles y las garrigas y pensando en él, que quizá no tardaría en venir, así que bajaba a las oficinas y preguntaba si había alguna carta para ella, asociando a Paul con los cielos azules, con la dulzura del aire, con aquella especie de calma, de tregua que parecía haber a su alrededor, ignorando aún que cada verano, cada primavera de los años por venir ella lo esperaría de la misma manera. Que siempre llegarían aquellos días de cielo azul en los que ella empezaba a aguardar su visita, y a veces él iba, decía que había podido ir, y otras veces había años que no lo veía, estaba en Brasil durante el final la guerra, o en Washington, Copenhague y Tokio; no lo veía y anotaba en sus cuadernos los años, las estaciones, así como el día y el mes de las visitas, y en sus cartas les hablaba siempre de manicomios, escribía que ese tipo de lugares eran lugares para hacer sufrir y que nadie podía hacer nada al respecto, ni ella ni quienes estaban allí con ella; sobre todo, decía, cuando nadie venía nunca a verlos. Eso decía.

Y entonces se la veía bajar y subir por aquel sendero bajo los árboles por donde resbalaba cuando llovía, yendo a buscar café, mantequilla y chocolate comprados en algunos de los establecimientos de Félix Potin[6], y también las medias, las pantuflas que completaban el paquete, algo con lo que abrigarse en invierno, y quizá, a veces, ropa, el abrigo, el vestido, o bien aquel sombrero marrón tan apropiado que la madre le envió al acabar la guerra, y que cada año que pasaba se veía más grande sobre su cabeza, sobre aquel cráneo cada vez más demacrado; aquel viejo sombrero de paja con el que se la veía en la foto, una de las últimas, tomada por Paul o uno de sus hijos, Pierre o Henri, o más probablemente por Jessie Lipscomb aquella primavera de 1929 que ella viajaba por la Riviera –así que Camille tendría sesenta y cinco años–; está sentada en la silla delante del pabellón y mira a la cámara con aire triste, las manos cruzadas sobre el regazo del vestido, una tela gris o marrón asoma por la abertura del abrigo; le pedirían que no se moviese, y que permaneciera sentada en aquella silla con las manos cruzadas sobre el pliegue de las faldas, la tela oscura en la que se adivinaban líneas de otro color, como rayas claras que uno entreveía en la separación del abrigo. Que se quede allí, una última vez, sin moverse ni decir nada, el tiempo que lleve hacer la foto que ellos querían, con el sombrero y el abrigo; y no se encontrará ninguna otra entre los papeles, aquella foto será la última de todas, y debió de ser en otoño, o incluso a principios de primavera; parece que en el suelo, muy cerca de ella, se atisba una vieja, viejísima hoja muerta arrastrada por el viento.

Allí estaba ella, en la fotografía, envejeciendo sin decir nada, y muy pronto yendo y viniendo de nuevo por aquellos caminos con los paquetes y las hojas de papel que le daban abajo, o con las patatas y los huevos que pedía, diciendo que no quería continuar comiendo sus sopas y sus ragús chamuscados; por las noches, en su habitación, hervía los huevos y las patatas y aseguraba que con aquello le bastaba, que no había ninguna necesidad de que ellos, la madre y él, pagaran los precios de primera clase; no, no había ninguna necesidad, sobre todo porque en aquellas habitaciones, decía, faltaba de todo: ropa blanca limpia, edredones, e incluso orinales[7]; sólo había camas de hierro en las que tiritaban toda la noche. Sí, yendo y viniendo por aquellos senderos y veredas por los que cada día cojeaba más, y sentándose a veces en un escalón o en el banco que había delante de la capilla, descansaba unos instantes, y pensaba en él, que estaba en la otra punta del mundo, en sus consulados, sus embajadas, y escribía tantos libros. Que hablaba de los países que visitaba, o en los que permanecía años enteros: China, Japón, aquellos mundos que siempre le parecieron más próximos que las ciudades y los pueblos que tenía al lado; ella recordaba todo lo que soñaron, recordaba todo lo que debía ser la vida para ellos.

Cuando él llegaba la encontraba allí, medio adormilada de tanto esperar, con aquellas ropas tan holgadas y la cabeza hundida sobre el pecho; entonces la miraba, permanecía de pie delante de ella un momento, contemplando aquel rostro demacrado y fatigado, aquellos párpados pesados y tan transparentes que podían verse las venitas, el pulso sanguíneo a flor de piel; ella, Camille, con su viejo vestido, su viejo abrigo y aquellas zapatillas de fieltro verde que no se quitaba nunca; y cuando abría los ojos, él estaba delante de ella, hablando en voz baja y diciendo que había llegado, que el camino había sido largo y que había tardado más de lo que habría querido; ella se sobresaltaba, recomponía su peinado o la tela arrugada sobre las rodillas, luego le tiraba de un brazo para que se sentara un momento en la otra silla, se quedaban allí un rato y después marchaban por los senderos, cada vez menos lejos, cada vez menos tiempo, decían que ahora se cansaban más, y al volver al pabellón, bebían en aquella pequeña habitación el té que él había traído de China o el que le había regalado Jessie Lipscomb cuando estuvo allí de visita, miraban las fotografías; uno al lado del otro, en aquella cama pequeña, la tela de la colcha sobre la que ella colocaba las fotografías que arrancaba de la pared quitándoles las chinchetas que las fijaban y, tomando una foto detrás de otra, se inclinaban sobre el papel aún brillante cuyos negros y grises se degradaban hasta convertirse en ese pálido color sepia en el que los rostros, las miradas parecían querer desvanecerse y recuperar su misterio, su insondable lejanía, y levantándose a veces para acercarse a la ventana y poder ver mejor, recordaban el día y el año y a aquellos que estaban allí con ellos; ella decía que no olvidaba, que no hacía otra cosa que recordar, y él respondía con aquella voz siempre fuerte y ruda, a pesar de la dulzura, de la ternura que intentaba emplear en aquellos días. Hablaba con ella de las fotografías que había alineado en la pared sirviéndose de chinchetas, tres de ellas en un marco que ella misma talló una tarde a partir de un trozo de corteza; también él buscaba en su memoria los años y las estaciones y los nombres de aquellos que estaban allí con ellos; buscaba y recordaba hasta que, diría un día, lo asaltaba aquella tristeza, aquellas ganas de llorar, y pronto no tenían nada más de lo que hablar y se callaban, los dos sentados en la cama, de la que ella se levantaba para volver a colocar las fotografías en la pared, y luego anochecía, detrás de la colina se oían los relinchos de los caballos, que volvían; entonces él decía que se hacía tarde y que debía marcharse; al anochecer olían los cipreses y los aromas que había por los senderos, hablaban de aquellos olores, de aquellos aromas mientras descendían; ella recordaba acompañarlo, bajar con él hasta la pequeña plaza donde aparcaba el Packard, y ya no veía más, miraba a lo lejos, lo más lejos que podía, tan razonable entonces, y tan resignada; lo acompañaba hasta el coche y se quedaba allí, inmóvil, sin decir nada, junto a la portezuela, hasta que, con un breve rechinar de neumáticos contra la grava, él retrocedía, y se volvía una última vez para decirle adiós, hasta pronto, que volvería lo antes posible.

Y a veces, demasiado cansada para acompañarlo se quedaba allí arriba, en su silla, viéndolo bajar y llegar hasta el coche, apareciendo y desapareciendo entre los tejados y el follaje, y pronto se convertía en un imperceptible punto oscuro que una ráfaga de viento entre las ramas borraba; más tarde ella hablaba del ciprés contra la puerta y de los grandes robles, entre los cuales intentaba atisbarlo aún. Decía que estaba cansada y que no dormía por las noches; siempre pensaba en las mismas cosas y en quienes estaban tan lejos, y entonces empezaba una carta en la que decía todo lo que no había tenido tiempo de decir y lo difíciles que se le hacían, que siempre se le habían hecho, aquellas ausencias, aquellas partidas; y el día después, y los siguientes, ella volvía a las oficinas, donde pedía que enviaran su carta, y hecho aquello, volvía a subir, arrastrando la pierna por los caminos, los senderos, por donde se la veía ralentizar el paso y detenerse a veces, recobrar el aliento apoyada en un muro o en el tronco de un árbol; estaba cansada, decía, decía que no tenía nada que hacer allí, pero que estaba cansada.

Y quizá aquellos días de verano que él iba se la llevaba con el coche, quizá a pasear con el Packard un poco más lejos, a Aviñón, o hasta el río Durance, del que él hablaba a veces, muy azul, muy brillante bajo el sol, el Durance, cuyas aguas discurrían hacia abajo, detrás de la espesura. Bajaban con el coche y luego se sentaban sobre los guijarros de la orilla, o bien caminaban un poco, iban y venían uno al lado del otro con aquel paso lento que tenían; ella callaba, contemplando el río como él, y no tardaban en volver –se hacía tarde y el sol declinaba– bajo aquella luz tan suave, aquellos tonos dorados en el cielo, y él pensaba –y quizá ella también lo pensaba aún, quizá aún quedaba en ella vida suficiente como para pensar algo semejante– que aquello, aquella dulzura, aquella luz, era lo peor, y que hubiera sido preferible un cielo de tormenta y todas las nubes que lo acompañan, nubes negras que el viento arrastra y hace jirones; una tempestad y una lluvia violenta que habrían expresado el dolor y el desastre, y el insidioso y desgarrador final de las cosas. Tal vez aquellos días, a pesar del repliegue y la renuncia, aún sufría ella el insidioso y desgarrador final de las cosas, como el de aquel amor al que renunció en otro tiempo; había durado tanto aquella renuncia, aquellos días, aquellos meses en los que, siempre que se alejaba de él considerando que era preciso acabar de una vez por todas, olvidando los reproches y la tristeza y perdonando quizá las promesas incumplidas, feliz, aliviada, volvía a verlo en un restaurante una noche, entre melodías zíngaras, borracheras y palabras inolvidables, y sobre los manteles blancos todas las rosas que le regalaba él, Rodin; sí, cuánto duraba aquello, aquellos días en los que ella se iba y volvía para alejarse otra vez, preguntándose qué amor era aquél, y por qué no podían estar juntos ni tampoco separarse.

Quizá hubieran sido preferibles, también allí donde estaba ella, grandes y hermosos cielos de tormenta, y lluvias, tempestades que aplacaran; él la llevaba en coche hasta el Durance, o bien se quedaba y caminaba con ella por el jardín, él decía que la mañana era espléndida y que podrían pasear un poco, enfilaban el camino, los tejos y los cipreses que había en lo alto de Sainte-Catherine y, dejando atrás los últimos pabellones, a veces tomaban el sendero de la colina, y más tarde se levantaba el viento, penetraban en la pequeña habitación donde, uno al lado del otro, miraban las fotografías, recordando los rostros y a aquellos que aparecían allí junto a ellos, en aquellos grises y sepias, colores atenuados, desvaídos por el tiempo, buscando los nombres y las fechas y preguntándose qué habría sido de ellos, y eran imágenes tan lejanas y de una época tan remota que era como para pensar que nada de aquello había existido realmente; los dos, uno al lado del otro, sentados sobre la vieja colcha, aquella tela gastada y brillante por donde asomaban, aquí y allá, mechones ásperos y grises del relleno de lana; los dos, uno al lado del otro, evocaban los recuerdos, y podía tratarse de los mismos veranos interminables de Villeneuve, de la gran plaza aplastada por el sol mientras la vieja Hélène llenaba los barreños del jardín y enseguida se metían en el agua ya tibia, donde a veces caía, seca y gris, y perfumadísima, una flor de tilo; ellos se salpicaban y reían; sí, se acordaban, de Villeneuve y de los veranos en la gran planicie, y de ella más tarde –no tenía aún veinte años– corriendo con su vestido blanco; ella, Camille, aquel verano, el verano de 1886, bailando y correteando por el camino de las viñas, y enseguida estaba de vuelta, tan alegre, y lo llamaba por toda la casa. Él observaba, observaba el rostro que iba envejeciendo, los grandes ojos pálidos, y la recordaba bajo el sol de junio, cantando y bailando entre las viñas, y enseguida estaba a su lado con su destellante vestido blanco lleno de sol, y el viento se levantaba, el viento en los cabellos, la larga y cálida melena que de golpe volaba hacia él, que cerraba los ojos y no decía nada, no quería decir nada, ni de la hermana amadísima ni de todo aquello que los arrastraba como una ola gigantesca por encima del mundo. Siempre la recordaría bajo aquel sol de junio; más tarde, en Tianjin, diría que aún la veía vestida de blanco por el sol, con los cabellos alborotados por el viento; hablaría, aquel 1909 que pasaría en China, de un alma totalmente parecida a la suya, de mujeres, de melenas y soles en el blanco del verano. Y en cuanto ella veía el sol pasar por detrás de los árboles, pensaba en el día que acababa y, sin duda, en ese momento, que llegaba irremediablemente, en que ella lo vería levantarse y decir que tenía que irse, de modo que ya no oía ni escuchaba nada de lo que él decía, ni tampoco se atrevía a mirarlo, se daba la vuelta y miraba por la ventana algún punto del cielo, entre las copas de los árboles, o bien bajaba los ojos y clavaba la mirada en sus manos, que giraba una y otra vez, primero una y luego la otra, para contemplar el dorso trenzado de venas azuladas y resecas; luego, y durante más tiempo, las palmas, que abría como si retomara no se sabé qué vieja y dolorosa costumbre, un pensamiento, una pena, de los que no hubiera podido deshacerse. Las palmas bellas y fuertes con las que ahora no osaba siquiera –con uno de aquellos gestos de antaño– tocar el rostro del hermano, y entonces se quedaban allí unos instantes, mirándose el uno al otro; en aquellos momentos se miraban de nuevo.

Aquel verano de 1886 en que ella corría por los caminos, el mismo año, o el de después, quizá, cuando posaban para aquella fotografía en el andén de una estación, entre baúles y cajas de cartón; él con un traje de tela clara demasiado pequeño ya –podían verse las mangas y los pantalones demasiado cortos y el tejido maltratado por unos hombros vigorosos– y ella con aquel vestido de lino azul a rayas y el pequeño sombrero de verano sobre los cabellos; no recordaban adónde iban, no recordaban quién los fotografió, sólo recordaban que era un julio muy caluroso y que el tren que cogían juntos quizá era un tren para Villeneuve, decían, se acordaban de los trenes que cogían hasta Fère o Château-Thierry, donde los esperaba el padre con el caballo y la carreta en la que, apilando las cajas y los baúles de mimbre, no tardaban en llegar al pueblo por el camino principial, y a veces por los caminos del llano donde segaban el trigo, y ella se ponía a cantar; ellos recordaban cómo cantaba más y más alto mientras atravesaban los campos y todos los olores que había allí, cálidos, embriagadores, y el padre y él se miraban y sonreían, decían que era un hermoso verano. Sí, puede que aquel año cogieran el tren para Villeneuve, o quizá se tratara de aquel otro verano, cuando, de camino a Wight, se quedaron allí un mes bañándose y recorriendo las playas, y entonces ella pintaba y dibujaba el mar –tan azul, tan brillante–, las dunas y las hierbas mecidas por el viento, y por la noche leía a Rimbaud en voz alta delante de él.

Quizá también fuera en Wight donde se la veía caminar por la arena de una playa, y el viento azotaba las faldas y los cabellos mientras ella sonreía, ebria de mar y de viento, ebria de felicidad durante todo un verano, feliz por el viento fresco y el cielo límpido sobre el mar, por el sonido del agua; hablaba del rumor de las olas, de lo feliz que la hacía oírlo. A menos que no fuera, en la misma época –podían reconocerse el vestido y el sombrero–, otro lugar, otra playa, y en compañía del maestro; se acordaba de los viajes con él, y de dirigirse al norte en una fresca mañana de primavera, el cielo gris bañado de azul, de claridad, y a veces una nube de lluvia reventaba en pequeños chorros oblicuos contra las ventanillas del tren, el agua goteaba temblorosa y frágil. Dieppe o Wimereux, quizá Sainte-Marine, la pequeña villa sobre la duna que tanto amaban, con sus *boiseries* y sus delicadas luces, sus grandes ventanas sobre el mar, y a veces anochecía y ellos aún paseaban por la arena y oían el paso de los caballos, que regresaban, o, en plena noche, alguna gran ave marina. Ella se acuerda de correr por una playa de arena clara, y de las noches de viento, el viento bramaba contra los postigos y los despertaba en los pálidos amaneceres en los que, de frío, de amor, ella se acurrucaba contra él. Las pequeñas cenas para dos, y las ostras que la volvían loca, el vino que bebían. El sobretodo gris que una vez él olvidó allí, y la tristeza de los regresos. Aquellos días, los últimos, con él en el mar; fuera caían las hojas, se arremolinaban suavemente; cuando el viento se levantaba ella las veía correr y revolotear hasta la playa, por la poca arena que había. El vestido mojado cuando ella se dejaba caer al suelo, dulcemente, con un ruido sordo de telas arrugadas; él estaba allí, inmóvil, con aquella especie de sufrimiento, de insoportable tristeza en el rostro, y ella enseguida lo encaraba, llena aún de deseo por él, por aquellas manos grandes y poderosas que él pronto posaría sobre ella, aquellas manos de hombre fuerte y vital, de hombre que decía cómo debían ser las cosas, hasta que, horquilla a horquilla, se soltaba el pelo y se levantaba para acercarse a él, mirándolo a los ojos, mirando sus labios, el cuerpo que se alzaba ante ella. Sí, aquellos días en Sainte-Marine, debía de ser Sainte-Marine, y el vestido en el suelo, y la arena mojada cayendo sobre la madera que tenían debajo, la infinita lentitud de los gestos que él realizaba entonces, más fuerte, más vigoroso que nunca entre los gritos y aquella especie de locura que lo poseía, todas aquellas palabras que él le gritaba incluso sobre la piel, en la boca. Y, para acabar, la boca de él en el hueco de la axila, y allí se quedaba, con los ojos cerrados. Inmóvil durante un buen rato. Uno de aquellos años en los que ella lo abandonaba una vez más, uno de aquellos momentos quizá en los que, decidiendo que todo había terminado, le decía que lo evitaría; recuerda que, de regreso del mar, se lo prometía, y sin duda aquella vez, como las otras que vinieron después, pasaba al acto, de modo que, para endulzar el sufrimiento o simplemente embriagarse de nuevo, se dejaba amar, se ofrecía al amor, y en una ocasión fue el joven, el tierno Debussy quien sucumbió a aquella belleza, a aquella fogosidad y fuerza alegres, así como a aquella manera que ella tenía de ver y de soñar el mundo. Debussy, que aquel año, se dice, volvía de Italia, y una noche, en casa de Mallarmé, donde la conoció, comenzó a amarla, y por ella, otras noches, noches enteras en apartamentos que les prestaban, se ponía al piano y tocaba melodías que se le ocurrían, y aquello duró lo que duró, dos, tres años, por lo que se sabe, como se sabe que él continuaba amándola cuando ella se alejó; siempre la amaría, y diría de ella que era el sueño de un sueño, y que causaba una gran pesadumbre amar a una mujer como aquélla. Él, Debussy, dirá que la amaba de verdad, y que no podía olvidar las palabras que ella pronunció al alejarse, dura, insensible, sin querer que nada, escribía ella, la atara a él. Él hablará de todos aquellos años en que se frecuentaron. De Italia, de donde él regresaba, y de aquella velada de 1887 en casa de Mallarmé donde la conoció, sentada en aquel pequeño sillón de seda verde junto al fuego. Y él conservará sobre la chimenea de su salón a aquellos dos que ella había representado en bronce, el hombre y la mujer que se amaban, que no podían sino amarse; conservará el vals magnífico[8], que nadie sabe si fue un regalo de ella o si él mismo lo adquirió, el hombre y la mujer suspendidos en su danza amorosa, detenidos en un tiempo que no avanzaba.

Ella ya no sabía con quién había ido al mar aquel año, ni cuál de los dos la fotografió en la playa de arena blanca, sólo recordaba haber cogido el tren hacia el mar, recordaba la embriaguez y la felicidad, y a aquellos dos hombres a quienes amaba, a quienes no podía evitar amar, viéndolos, al hermano, al amante, cómo saberlo, cuando pensaba en uno, pensaba en el otro, consintiendo o indecisa, pero volviendo siempre a aquella fuerza, aquel amor lleno de reproches y cólera contra el que no podía hacer nada, excepto rechazarlo a veces y decir que todo había terminado, como acababa y se hundía en el pasado –y de un modo tan cruel que era como morir– justo aquello que ella deseaba, aquello con lo que soñaba y que constituía la felicidad de cada día, sí, cuando aquello que constituía su felicidad no podía más que precipitarse hacia inconmensurables y dolorosos abismos. Era por la noche, siempre durante la noche, cuando, medio aovillada en la cama, intentando conciliar el sueño, la asaltaban las mismas imágenes obsesivas, las mismas quejas y las mismas exigencias al pensar en él, Rodin, y, acusándolo de todos sus males, acababa por desvelarse, llena de ira y rencor.

Aquellos días del verano de 1890, cuando, dejándolo en París, partía sola hacia Islette, tan triste y agotada que todo el mundo a su alrededor se hacía preguntas y los rumores corrían veloces; se comentaba que necesitaba descansar, se hablaba de la fatiga que había en aquel rostro pálido y demacrado, sí, de lo triste que se la veía aquel verano, de las palabras que apenas salían de su boca, de aquellos labios más gruesos, más amargos, nadie sabía aún lo que ocurría ni por qué se iba sola, escribiéndole que iba a descansar y que lo echaba de menos, que dormía desnuda en la cama pensando en él. Le escribía y le pedía que viniera, diciéndole que pronto estaría mejor y que se bañarían en el río, pidiéndole incluso que le comprara un traje de baño, una blusa y un pantalón de sarga azul con galones blancos como los que había visto en un catálogo del Bon Marché[9]. Hablaba del olor del heno y del calor tan agradable que hacía, hablaba del bello verano y le enviaba besos; así pues, a pesar del cansancio y la tristeza en la mirada, aún se podía creer en la dicha de estar juntos, por lo menos en aquellos placeres que parecían procurarse, ¿acaso no tenía todo aquella apariencia de deleite?, el *château*, el verano radiante y ella, que, hablando de bañarse y de los paraísos por venir si él cumplía su promesa, lo esperaba, no hacía otra cosa que esperarlo. Por la noche cenaban en el invernadero de orquídeas, ella llevaba el vestido malva, que ceñía con muselinas claras, y trenzaba sus cabellos alrededor de la cabeza, sus ojos brillaban con todo el azul que tenían; él no olvidaba aquel rostro, se decía que la amaba así, más pálida y fatigada, más bella todavía.

No la olvidaba, y pronto la modelaba, modelaba la pequeña cabeza cansada, que emergía del yeso como de un mar, de una noche profundos, y en el rostro aquellas manos que parecía que debían protegerlo, que protegían los labios y las cosas que no había que decir, quizá; las manos finas y delicadas, una de las cuales era incomprensiblemente frágil y menuda. Se hablaba de las manos que él le daba, tan diferentes, decían, que una de ellas era una mano de niña; no se sabía por qué le había dado aquella mano, una mano de chiquilla. Se hablaba de las manos, y del rostro extraño, como confundido. De su amor por ella, que en cuanto regresaba a París tomaba sus distancias y le escribía, adjuntando a la carta que ella comenzaba, como todas las otras, llamándolo *monsieur* Rodin, adjuntando el dibujo de una anciana con su escoba y no lejos, desnudo como ella, el hombre sentado y encadenado, y cuando ella enseñaba el dibujo todos sabían a quién se refería, al maestro que la amaba y que decía que su alma le pertenecía, y a la otra con quien vivía, la concubina a la que no abandonaba, como tampoco abandonaba a aquel hijo medio idiota que él le había dado treinta años atrás, ni, por lo que se decía, a un segundo hijo, que había llegado aquel mismo año, y ella, de vuelta de Islette, no acababa de sobreponerse, y todos se preguntaban qué había pasado allí. Sí, aquel año, 1891, los rumores se propagaban a toda velocidad, y que él hubiera tenido o no un niño fue un temá tabú casi de inmediato, y el niño se volvió invisible, inencontrable, y era como para preguntarse si existía en realidad, cuando otros afirmaban haber oído hablar de él e incluso haberlo visto; naturalmente nadie lo sabría, formaba parte de las cosas que no se decían, que no podían decirse; sea como fuere, siempre exhausta y llena de amargura, ella lo abandonó –como abandonó en su momento el apartamento de los padres– por aquel rincón triste y gris en el campo, los barrios desiertos del boulevard d'Italie, donde, en el extremo de un patio, tenía ella aquel pequeño taller, en los confines de la ciudad, adonde una tarde de septiembre ella hizo que llevaran el baúl de mimbre con sus tres o cuatro vestidos, la poca ropa blanca –los paños, las sábanas, y dos viejos manteles de la madre– y, también, el gran jarrón de Sarreguemines que había en su cuarto, libros, fotografías. Rosas secas. Cosas que quería conservar, decía ella. Y luego, sin poder resistirse más, lo buscaba para decirle, a la cara, lo que tenía que decirle. Feliz de decírselo, de gritárselo. De ver en su rostro lo que había que ver en aquel momento. La desesperación. Aquella especie de confusión.

Ella lo abandonaba, y no quería volver a verlo u oír hablar de él, a pesar de aquellas cartas, aquellas notas que él le enviaba o que él mismo venía a deslizar bajo la puerta, y a pesar de los amigos que, uno tras otro, mediaban a petición de él, los buscaba y les pedía, les imploraba que fueran a hablar con ella; ruegos, súplicas a los que ella respondía, a través de Morhardt o Daudet, que dejara de importunarla, que ya no deseaba verlo ni en casa de ella ni fuera; cuando él anunciaba su visita, encontraba la puerta cerrada y más tarde recibía una carta en la que leía sus disculpas y sus excusas –compras que había que realizar, explicaba ella, o gente a la que tenía que ver–, ignorando, no pudiendo más que ignorar, él, Rodin, que a veces ella estaba allí, detrás de la puerta, a menos de tres pasos de él, repitiéndose a sí misma, intentando comprender, que él había venido, mientras lo oía resoplar y llamarla en voz baja, y cuando su corazón empezaba a latir con fuerza, no sabía si era de alegría o de ira, quedándose allí el tiempo que hiciera falta, y cuando él se alejaba –sí, cómo no imaginarlo–, podía ver por la ventana el cabello claro, aún pelirrojo bajo el sol, y el cuerpo torpe y pesado que ya no parecía saber muy bien adónde iba.

Y luego, poniéndose manos a la obra, ella trazaba el surco, la curva en la parte baja de la espalda, allí donde los costados se ensanchaban suavemente, trazando con su pulgar el hueco en los riñones, hundiendo, acariciando la arcilla, y después, con un solo y único impulso, la nuca y el cuello, que cedían ahora como bajo una carga muy pesada y dulce; sí, la nuca, el cuerpo entero, como si, ebria, los convocara para no se sabe qué primer o último abrazo; la arcilla, la piedra en la que, ebria, los esperaba, a ellos dos, el hombre y la mujer, y el abrazo, el abandono incomparables a los que ella daba forma, rechazando en primer lugar figurar las telas, los velos con los que la conminaban a cubrir los cuerpos demasiado desnudos; la gente hablaba de vals, hablaba de embriaguez, de aquel abandono, aquella ebriedad nunca vistos, que nunca se habían representado de aquella manera, y de aquel torbellino en el que ya no temían nada, ni el miedo ni el olvido, ni aquel final de las cosas en el que ella no dejaba de pensar, y entonces se hablaba de tristeza desgarradora, inolvidable, y le preguntaban adónde se dirigían aquellos dos de aquella manera, si a la ebriedad o a la muerte, le preguntaban.

Aquel taller al fondo de un patio, en boulevard d'Italie, adonde ella se retiró y donde ya nada era igual; cuando regresaba por las noches, atravesaba los campos y los callejones de aquellos barrios y caminaba con dificultad por los caminos embarrados; todos se preguntaban cómo podía vivir una mujer en aquel rincón oscuro y apartado; nadie podría imaginarse que allí había un taller, el altillo donde se guardaban los bocetos, sobre los que flotaban grandes telas grises, repleto de cajas de cartón, bancos de escultor y estatuillas, ni tampoco que hubiera nadie allí, en aquella oscuridad, en aquel frío húmedo, en aquella especie de trastero. Ella estaba allí, en el ruido de los patios, orgullosa y revoltosa como una abeja, y cuando venían a verla trabajar advertían la risa y la cara de niña que aún conservaba, y aquel hablar por hablar de todo y de nada, y cómo iba y venía alrededor de su banco de escultor, impetuosa y alborozada, hasta que de repente, sin decir nada, y acercándose a la masa de arcilla, la estiraba con ímpetu, y luego, con un colosal y definitivo impulso de todo su cuerpo, se precipitaba sobre ella y le daba forma.

Sí, impetuosa y alborozada, y nadie habría podido sospechar nada, no más que en aquellas cenas donde aún se la veía, vestida con los mismos trapos –aquella especie de túnica de terciopelo carmesí con mangas abullonadas que ella llevaba tanto en invierno como en verano, y aquel canesú con bordado de flores japonesas que tampoco se quitaba–, en casa de Thadée Natanson, en casa de Mirbeau o Daudet, donde ponderaban su belleza y su éxito; aquel año, las cuatro cotorras, las cuatro mujercitas que ella decía haber observado en el compartimento del tren y que, a pesar de que no había dinero para los mármoles, los moldeadores y las modelos, realizó para el Salón; estaba la que hablaba y las otras, que la rodeaban, escuchándola, con los brazos cruzados e inclinadas hacia ella[10]; los rostros eran los mismos, y las espaldas encorvadas, y no se sabía en qué pensaban, ni quiénes eran, ni tampoco qué edad tenían; podría decirse que eran una misma mujer, sin nombre, sin historia, aguardando el final de los tiempos. Se hablaba de lo efímero, de lo fugaz, de aquello que en el instante mismo aparecía y desaparecía, de aquellos momentos, de aquellos gestos cotidianos a los que ahora ella parecía prestar atención; se decía que iba por las calles y se sentaba en los bancos y observaba a la gente, observaba sus gestos, sus miradas; se la veía dibujar en calles y patios, en jardines por los que iba con los ojos muy abiertos; se decía que nunca se había visto a nadie interesarse tanto por lo que había a su alrededor, ni caminar con los ojos tan abiertos.

Y en ocasiones, recibiendo visitas a su vez –y aquéllas eran sin duda las últimas–, ofrecía allí, entre las arcillas y las grandes telas grises, cenas famosas por su extravagancia, a las que invitaba a escritores, a Mirbeau, a Daudet y a Renard, y a Paul, cuando volvía de América; para Paul, que regresaba del extranjero, organizaba las últimas cenas, colgando de las vigas grandes farolillos de hierro e incluso colocando candelabros en el suelo, y todos podían ver, encima de las telas húmedas en los grandes armarios abiertos, los bocetos de arcilla y yeso, mientras ella les servía, bellísima, con aquel colorete y empolvada con un tono claro; y los ojos, por lo que se dice, tenían un brillo extraño; a veces, incluso, y nadie lo comprendía, también estaba presente la madre, muy envarada, muy tiesa, con aquellos vestidos de tela oscura, aquellos vestidos de no se sabe qué luto lejano y perpetuo, y apenas hablaba, algunas frases de cortesía, algunas pequeñas deferencias con aquellos que estaban allí, comiendo sin decir nada y mirándola disimuladamente, a ella, a Camille, como acechando en el rostro, en los gestos o las miradas aquello que, furtiva y pronta a blasfemar, parecía estar buscando en todo momento.

Aún la veían; aún podía decirse que estaba allí, trabajando y haciendo lo que hiciera falta para que todo marchara como era debido, y al verla, nadie habría sospechado nada; tenía entereza, y aquel talento para mostrar únicamente lo que convenía mostrar –de los Claudel, además de la violencia y los arranques de locura, también conocemos el coraje y la tenacidad, y ese orgullo que se veía en sus rostros–; la veían y le decían que conservaba la juventud y la alegría y que las cosas marchaban todo lo bien que podían marchar; los grandes accesos de ira aún no estaban allí, al menos podía disimular por un tiempo todavía las sospechas y los reproches, las exigencias locas, hasta el día que, desconfiada y temerosa, enojándose incluso con aquellos a quienes más necesitaba, acabó por no ver a nadie, recluyéndose en aquel taller en el que trabajaba todo el día y a veces también hasta altas horas de la noche, y todos veían perfectamente hacia dónde se dirigía y lo que quería, y comprendían todo lo que había que comprender, y por entonces ya era tarde, ya era demasiado tarde, ya no escuchaba nada de lo que se le decía.

Mientras que en los lienzos, los retratos para los que posaba, parecía, él, Rodin, salir de las tinieblas y mirar a lo lejos, de frente, con una mirada que ya no parecía ver nada; se hablaba de aquellos ojos, de la mirada que desaparecía en la confusión del rostro, aquel rostro atormentado y distante, y era como una idea de la devastación, de la desolación, cuando todo se ha perdido para siempre y ya sólo quedan los recuerdos, tan dolorosos que pensar en ellos es perderse. Aquel año, uno de los últimos, él se instaló en lo alto de un acantilado en Meudon, desde donde, los días de cielo despejado, podía ver el Sena entre los campos y las viñas; hablaba del Sena, que podía contemplar desde allí arriba, y de las nieblas admirables, celebrando la Navidad entre baúles y cajas de mudanza, las reproducciones, las estatuillas y las pequeñas esculturas que él traía de la *folie* Neubourg, aquel año, el año 1895, celebrando la Navidad en la casa del acantilado, en Meudon, donde, a pesar del frío y de la niebla, él debía, decía, abrir puertas y ventanas: la estufa no funcionaba bien o quizá era la leña, que ardía mal, y llenaba de humo toda la planta baja de la casa. Iba a la ventana, la abría y decía que veía París, y entonces puede que intentara ubicar la zona del boulevard d'Italie, donde ella pasaba sola aquella Navidad, como tantos otros, sin duda, y bebiendo, como todas las noches, aquel vino que él aún le enviaba, aquel Châteauneuf-les-Martigues del que él hacía que le entregaran barriles o cajas enteras, explicándole a Brigand Caire, el negociante, que era para *mademoiselle* Claudel, cuya frágil salud, aquellos últimos tiempos, le causaba cierta inquietud.

Sí, sin duda era al final del día –cuando le llegaba la fatiga y, con más seguridad aún, la tristeza– cuando se ponía a beber el vino que él le enviaba, tan sola que se colocaba delante del espejo para llenar su copa y vaciarla con sorbos pequeños y dulces, y observando entonces cómo se le deshacía el rostro, cómo éste se le liberaba en imprecisas y blandas redondeces, fijándose en la sombra que se posaba alrededor de los labios, alrededor de los ojos, mientras que, con un gesto como los de antaño, soltaba sus cabellos; y nadie sabe lo que pensaba en aquellos momentos, nadie sabe lo que, en la tristeza de sus hogares y de sus habitaciones, piensan aquellos que ya no tienen nada que perder; sin duda en un momento u otro ella lo imaginaba allí, en la villa del acantilado en cuya buhardilla instalaba su taller, y por las noches podía verse cómo brillaban las siete ventanas bajo el tejado, las enormes buhardillas que pronto todo el mundo admiraría y visitaría, con los yesos sobre sus telas, las palidísimas figuras alineadas en sus vitrinas, y, por todos lados, los cuerpos magníficos, la fuerza, el vigor de los grandes mármoles; todo aquel que era alguien en París iba allí, pedía ser recibido en el taller del maestro, el poeta Rainer Maria Rilke hablaba de genio y de grandeza incomparables, y hacía los elogios que todo el mundo conoce.

O puede que, cansada de estar sola, aún tuviera ganas de hablar, y la veíamos una de aquellas noches atravesar el patio y llamar a la ventana del portero, y preguntarle si podía entrar un momento y sentarse, hablando de su cansancio y de la falta de sueño; sí, sin duda ya conocía las noches en blanco y los pensamientos recurrentes, siempre los mismos, que no hacían más que volver, una y otra vez, de modo que ella se quedaba allí un rato, a charlar y preguntar por la gente del barrio o, nuevamente, por el hijo que estaba realizando el servicio militar; hablaba de todos, hablaba de la niebla que tenían en los arrabales, o de las obras que había más lejos, para abrir una calle entre las viñas, y de toda la suciedad que se acumulaba ahora en los patios y las casas. Preguntaba si había alguna carta de Paul, decía que Paul era vicecónsul en Fuzhou, y que negociaba la construcción del ferrocarril de Pekín y que tenía muchas cosas a su cargo; aquellas cartas desde China en las que le decía que no la olvidaba y que pensaba en ella, y contaba cómo entraba en la ciudad y buscaba los jardines, hablaba de los inviernos y los bambús azules, y de todos los pinos que había sobre las tumbas, del mar en Tianjin, que escrutaba todos los días, decía, como si fueran los ojos de una mujer comprensiva; aquellas cartas que ella esperaba día tras día, que leía y releía incluso en los ómnibus y los tranvías, en la banqueta donde se sentaba, y a veces de pie en el segundo piso, expuesta al frío y a las corrientes de aire. Hablaba de Paul, que nunca estaba allí, que siempre estaba en ciudades del extranjero, en trenes y barcos; entre él y ella había innumerables trenes e innumerables barcos, mares incalculables; ella hablaba de los confines del mundo, del principio y del final de las cosas, y anotaba en sus cuadernos las ausencias y los regresos, las cenas y los paseos a orillas del Sena, y más tarde, en Montdevergues, al toparse con las fechas y los nombres, se acordaba, y se preguntaba si él también se acordaba y de qué días, de qué noches, allí, uno delante del otro, y para siempre.

Él se iba, siempre se iba, y nunca estaba presente, ni para la muerte del padre ni, más tarde, para la de la madre, ni tampoco para venir a verla a ella, su hermana, a quien mandaba meter en un manicomio, eso es lo que había hecho, decidiendo por ella qué era lo conveniente, y ordenando que la llevaran, que la portearan como una cosa, como el paquete en que se habría convertido, y entonces a ella sólo le quedaba consentir y callar, pensar que estaba hecha para que se la llevaran de aquella manera, y que un día todo lo que tenía que cambiar cambiaba, sí, todo cambiaba.

Y podría creerse que quizá se quedaba allí por gusto, por placer; el lugar era tan hermoso, todos aquellos caminos que subían y bajaban entre el aroma de los cedros y los pinos, la habitación, los pabellones, de los que se alejaba cada vez menos, y sería preciso que vinieran a buscarla, que le dijeran que fuera el aire era tan agradable, tan perfumado, de manera que ella andaba hasta allí guiada por todos aquellos perfumes de los que le hablaban, subía y bajaba por los caminos y los senderos hasta que volvía a sentir el dolor en la pierna, entonces decía que le dolía la pierna y que debía regresar, y pasaba por delante de la capilla, de las hileras de cipreses. Al caer el día, ella, Camille, regresaba al pabellón y subía a la pequeña habitación, rechazando aquella tarde, como las otras, el alimento que le daban, y prefiriendo rellenar de agua la misma vieja cacerola con el esmalte desportillado, donde ponía a hervir las patatas que luego comía con la mantequilla o el aceite que la madre le enviaba, aquellos paquetes que continuaban llegando y de los que extraía, entre el azúcar y el café, los jabones, un vestido o un sombrero, medias de algodón gris, y entonces se decía a sí misma que su madre no la olvidaba, que su madre aún pensaba en ella. En sus cartas hablaba del hambre y del frío que pasaba y pedía que le enviaran café de Brasil, mantequilla y harina, y también mandarinas, vino blanco o incluso cerezas en aguardiente, que todavía le gustaban; entonces se la veía remontar el sendero con sus sacos y sus paquetes, y una vez arriba los abría y vaciaba, y a medida que lo hacía, iba colocando los paquetes, los tarros y las botellas en la pequeña alacena que había pedido que le pusieran cerca de la mesa, calculando cuánto le durarían.

Y más tarde intentaba dormir, decía que no tenía otra cosa que hacer que conciliar el sueño y dormir hasta la mañana siguiente, pero lo que llegaba no era el sueño, sino aquellos caballos que siempre oía, aquellas dos enormes bestias, una casi blanca, la otra alazana y reluciente de sudor, y el chirriar de las ruedas sobre el adoquinado del quai, el tranquilo repiquetear de los cascos, y por la mañana decía que le gustaría seguir en aquel taller donde habría cerrado convenientemente puertas y ventanas para que nadie pudiera entrar. Querría estar allí todavía, habría dado lo que hiciera falta para poder rehacerlo todo, para reanudar todo lo que aún pudiera reanudarse. No olvidaba nada de aquellos días, tan largos, tan interminables en aquel pequeño taller a orillas del Sena, ya se acordaba, no podía evitar acordarse de las dos piezas estrechas que un día, harta del boulevard d'Italie, alquiló en una casa de los quais[11], rodeada de toda aquella gente que la consideraba una forastera, una extravagante, y donde él la encontraba –cuando venía de Pekín o de Han-Tcheu– puliendo el jade grano a grano y trabajando sin parar –en aquella época, en las tres mujercitas ante el mar que alzaban la mirada hacia la ola, la inmensa marejada, que iba a tragárselas, y no se podía saber si tenían miedo o reían[12]–. Tampoco ella lo sabía.

Paul hablaba del viento que hacía aquellos días, y de la sombra de los álamos proyectándose hasta el interior del taller, donde, colérica, obcecada, vistiendo aquellas grandes batas de tela, ella iba y venía alrededor de las piedras. Hablaba de las noches de viento y de las nubes grises, de la lluvia que llegaba, violenta y aciaga como antaño en Villeneuve; hablaba del pasado, cuando volvía con aquellos sacos de arcilla que la lluvia aguaba, y el ocre, el verde, el azul que se escurrían, coloreando el saco, la falda clara; la lluvia incesante, y la tristeza que provocaba pensar ahora en aquello; sí, la tristeza.

Y enseguida se quitaba la bata y se ajustaba el pequeño sombrero sobre la sien, dejando al descubierto los cabellos, abarcando y peinando los bucles con un amplio gesto de la mano, se arreglaba para salir con él; iban a cenar a casa de Morand, al otro lado del Pont Marie, y entonces hablaban de China, de donde él venía, o del pabellón que Rodin, con todo el dinero que ganaba, se había hecho construir en el Alma, aquella especie de invernadero donde él desplegaba su obra y donde, por cuarenta mil francos o más incluso, acababan de encargarle su retrato, mientras que para poder comer ella debía vender su mujer arrodillada, su implorante, por menos de cuarenta francos, y luego guardaba silencio, levantaba la cortina y miraba cómo llovía fuera y cómo chorreaba el agua sobre los cristales. Más tarde, cuando salían, ella le pedía que la llevara con él a China, a Japón, aquellos lugares de los que tanto habían hablado en el pasado; apenas si recordaba lo que él respondía, apenas si comprendía. Un coche de tiro que pasaba en aquel momento, o quizá los gritos del cochero. O puede que los oídos no oyeran, no quisieran oír ni saber nada más.

Él se acordaba de los grandes álamos al borde del agua[13], y de ella yendo y viniendo con sus holgadas batas entre los yesos y las terracotas, puliendo una y otra vez el mármol y el jade liso y brillante como el mar, con destellos claros venidos de las profundidades, y aquello, decía él, era el final de la magnífica, de la imperiosa chica que ella había sido, tan bella, decía, que uno no podía dejar de mirarla. Ella caía, no dejaba de caer en aquel interminable y espantoso transcurrir de los días; su hermana, que ya no era ni volvería a ser la misma, y nadie, absolutamente nadie podía evitarlo ya; se asustaba y recelaba de todo el mundo, y a veces se ponía a correr en mitad de la calle, corría, ella recordaba que corría, y no lo hacía ya con aquel vestido blanco y bajo el intenso sol de junio, sino en el frío y gris bulevar con aquellas flores que una noche ella sostenía en sus manos y dejaba caer, tropezando prácticamente al momento, dalias o zinnias, no lo recordaba, conservaba el recuerdo de flores de verano de un rojo oscuro y aterciopelado que ella dejaba en el suelo cuando se levantaba y se ponía a correr de nuevo, desmelenada y palpitante, diciéndose que aquello no iba a durar mucho tiempo, aquella inquietud, aquel miedo de que todo lo que pudiera acabar acabara; se encerraba de nuevo en el taller, rodeada de las estatuillas y las telas grises, donde parecía esperar contando los días, contando el tiempo, y quién habría podido sospechar entonces que se pasaba llorando los días y las noches; cuando se la encontraban en el barrio y veían el rostro y los párpados enrojecidos, hinchados, se decían que debía de beber, sí, sin duda bebía para pasar el tiempo.

Ella caía y se perdía, es lo que él diría, y también que no había demasiadas palabras para contar aquellas cosas, llegaba un día en que las palabras escaseaban, bastaban muy pocas, como el aire que precisaban los moribundos. Estaba perdida, y sin nadie que la protegiera ahora, ni palabras tranquilizadoras que alejaran los peligros, a los enemigos y las derrotas, aunque ella aún recibía de parte del maestro el dinero que precisaba para pagar el taller, los moldeadores, los modelos, y también aquel vino que tanto amaba y que bebía las noches de desaliento –y había más de una–, vino al que él añadía mandarinas y almendras princesa, y entonces le escribía que se calmara y que expulsara de su cabeza aquellos pensamientos que la hostigaban.

Ella caía, caía irremisiblemente; de regreso a China, él, Paul, pensaba en ella, en una habitación de hotel en Shanghái escribía aquellos versos que hablaban de tristeza y de separaciones, y de regresos que eran más tristes todavía que las partidas; él se iba, volvía, hablando del estrépito de los trenes y del sol que se elevaba sobre el Baikal, de la travesía del Volga, de los cantos que oyó una mañana en la estación de Smolensk; de ella, por quien rogaba que no padeciera por más tiempo aquella desdicha, aquella especie de locura que la poseía; él rogaba por aquella mujer a la que tanto quería.

De modo que una vez más, la última, se la llevaba con él, partían hacia los Pirineos, aquel año que ya nada parecía ir bien para ninguno de los dos, no, tampoco para él, que, hablando de amor y de hiel, buscaba por toda Europa a la mujer que amaba, tan amada, tan deseada, la mujer que había conocido en el barco diez años atrás y que volvió a ver en sus consulados de China; la buscaba por todas partes: Polonia, Checoslovaquia y, para acabar, Bélgica, donde la encontró, y aquélla era la última vez que se veían, aquella mujer, aquella Rose Vetch y él; decían que ya no volverían a verse, y él creyó morir; a pesar de aquel Dios, de aquella Iglesia en la que él creía, a pesar de todos aquellos hermosos cantos, de aquellas biblias, de aquellos evangelios, él, Paul, decía que quería morirse. Aquel año, 1905, en que fueron a los Pirineos, donde tenían amigos; y allí estaban los dos, muertos de pena y con ganas de que todo acabara, mientras, sin decir nada, posaban para la fotografía en el coche que venía a buscarlos a la estación, y ella callaría de la misma manera durante toda la estancia, sin molestarse en hablar, sentada ante ellos, sin decir nada, a la mesa, durante las comidas, los ojos gachos, fijos en su plato, y a veces, mirando a un lado y luego al otro, y girándose incluso, parecía querer asegurarse de que no había nadie detrás de ella; ellos la miraban a su vez y no sabían qué pensar, y enseguida, como ella, se callaban el tiempo que ella estaba allí, delante de ellos, sin moverse ni decir nada y sintiendo crecer en su interior la violencia, y quizá la ira; y sin embargo, estaba tan cansada...

Él la llevaba con él y pronto la traía de vuelta, dejándola en aquel taller del quai Bourbon donde ya, como sabiendo lo que se avecinaba, dicen que se encerraba, y no hacía más que hablar de aquella gente, especialistas y moldeadores a los que no podía pagar y que venían a destruir todos los bocetos y estatuillas que hubiera que destruir, y para terminar, el maestro en persona, que, pensando únicamente en la venganza, hacía que la siguieran hasta la puerta de casa porque quería averiguar qué hacía allí, un día tras otro, en aquella habitación, en aquel taller donde aún trabajaba y donde le costaba conciliar el sueño por las noches y el amanecer la encontraba despierta contemplando el despuntar del día a través de las persianas, mientras oía a los caballos cruzar el Sena y bajar por el quai, aquel percutir sostenido, tranquilo, de los cascos sobre los adoquines, y de vez en cuando, como venida de muy lejos, una voz que se alzaba, repentina y sonora, sobre el rumor de las calles, el fragor sordo y confuso de la ciudad que despertaba, que se animaba poco a poco; sí, sin duda sabía lo que estaba pasando, lo que era inevitable que pasara, cuando, sin poder dormir ni siquiera por las noches, pensaba en él, en Rodin, en los últimos tiempos, en los últimos días en Sainte-Marine y en París, en los restaurantes detrás de Notre-Dame o el local de los zíngaros del Pont Marie adonde iban por las noches, recordando la embriaguez y el placer, y las canciones con el acompañamiento de los violines, girando la cabeza y riendo en la banqueta cerca de él; cuando regresaban, pasaban por el mercado de vinos y los callejones detrás del jardín botánico, y más tarde le quitaba la ropa y seguía con sus manos la línea de su espalda, largamente, desde los riñones hasta la nuca y de la nuca a los riñones, donde se demoraba, besándola, recorriendo el mismo camino con los labios, diciendo: «Mi chiquilla», «mi chiquilla», y hablando, otras veces, de cuando ella aún no había nacido, de aquellos años que ella no conocía de la vida de él. Cuando, con los ojos muy abiertos, se ponía a soñar, veía las casas y las pequeñas ciudades, los pueblos a los que iban, habitaciones y más habitaciones, y manteles cubiertos de flores, y a veces era como si la felicidad y la pena se confundieran, sí, el tiempo que el sueño duraba sin que ella pudiera escapar, sin dejar de amar aquel sueño ni sentir cuánto lo necesitaba, con locura, y abandonándolo sólo para regresar de nuevo, como volvía él, a quien no sabía si amaba, si había amado alguna vez; aquel amor, aquella historia que desde el principio sabía cómo iba a acabar, y pensando de la misma manera absurda y dolorosa, pensando en el sueño y en él, en quien sin duda se encarnaba aquél, y algunas noches, a pesar de haberlo abandonado, a pesar de las sospechas, de los rencores y el odio tan intenso, aún tenía la necesidad de que él viniera y la rodeara con sus brazos; en momentos como aquéllos, cediendo a la angustia, desaparecían los reproches y el resentimiento, y ella ya no quería estar sola; habría bastado una mirada, una palabra de él para que ella olvidara lo que quería; en ocasiones todo había sido tan radiante, tan magnífico: las casas, las habitaciones y todos aquellos trenes que cogían, las playas por las que ella corría mientras él la esperaba más lejos, en el espigón; ella corría con sus vestidos claros hacia él, que la esperaba, amada, más que amada; y al regresar, cuando ella volvía a trabajar, todo se mezclaba, el trabajo, la dicha y la desdicha, aquella vida turbulenta y solitaria que ella llevaba y en la que todo se confundía, en la que todo se imbricaba tan estrechamente que a veces no sabía diferenciar en qué punto se encontraba.

Entonces cogía el tren o el barco que bajaba por el Sena e iba a Meudon; se dice que de tanto en tanto se la veía allí, en algún rincón, acechándolo cuando regresaba al acantilado desde la pequeña estación o desde el embarcadero; se quedaba allí, mirando cómo subía la cuesta con aquellos andares pesados que él tenía, agazapada detrás de los setos o los arbustos del parque, donde se dice que una vez la encontraron, siendo incapaz de explicar qué hacía allí, ni cuánto tiempo llevaba en aquel lugar, mientras se enderezaba y, acto seguido, se alejaba sin ver ni oír nada; aquella tarde de verano de 1901 o 1902 en que, vislumbrándola a través de aquella espesura de ramas, la otra, la sirvienta, la gobernanta, la reconoció y se ofendió con tal escándalo que pronto todos lo supieron y señalaban con el dedo la maraña de arbustos de donde ella la desemboscó explicando que había sorprendido agazapada tras los arbustos a aquella mujer, aquella loca que había amado al maestro y que, a pesar de que él la había abandonado, no podía evitar merodear por el lugar; y poco después, en el barco a Meudon, el propio Rilke, el poeta, que se dirigía allí, la veía y hablaba de la mujer de ojos azules y espesa melena a quien había reconocido en la parte delantera de la embarcación; y a veces, ¿acaso era posible?, se quedaba hasta el anochecer, en un rincón u otro del parque o de las arboledas cercanas, desde donde podía ver iluminarse las ventanas de la buhardilla y al maestro ir y venir entre sus mármoles y sus yesos; a veces se quedaba en el parque para intentar verlo, y sin duda lo veía, a fuerza de perseverar, no debía de ser tan difícil, encontrando aquellos días alojamiento en las inmediaciones, no se sabe en casa de quién, conocidos, amigos que ella habría conservado, o quizá alguno de aquellos desconocidos a quienes, tan pronto tenía cuatro cuartos, abría sus puertas y no escatimaba a la hora de ofrecerles panecillos y champán, hasta el amanecer; no se sabe quiénes eran aquellas personas con las que reía y bebía, ni dónde las encontraba.

Y eso cuando no desaparecía, por lo que se comenta, durante días, durante semanas enteras; una tarde, una mañana, guardaba la llave debajo del felpudo y se iba a Dios sabe dónde; hablaba de viajes, de trenes y estaciones, de pueblecitos a orillas del mar a los que regresaba, tomando, en la estación de Saint-Lazare, en la Gare du Nord, los trenes que la llevaban allí, y nadie, ni el conserje ni los vecinos, ni siquiera aquellos, cada vez más escasos, que aún la frecuentaban, nadie sabía adónde iba.

Era verano, o quizá invierno, una mañana de cielo azul, y el aire era tan revitalizante que daban ganas de cantar y reír; arrebujada en todas sus lanas y con los cabellos bajo la boina, estaba en el andén de una estación y sin nadie que la acompañara; había reunido el poco dinero que le quedaba y se iba sin decir nada, sin saber siquiera adónde, tranquila, feliz quizá por aquel secreto, por aquella soledad, a pesar de la muchedumbre y de todos los ruidos en los andenes –el tren que se ponía en marcha con sus hipos y sus expectoraciones delante de la gente que agitaba los brazos, los pañuelos y pronunciaba las palabras de rigor, las últimas recomendaciones–; nadie habría dicho nada al verla, sin duda, puede que ni siquiera repararan en ella, a no ser quizá algún hombre que contemplara aquel rostro aún bello, aquella mirada que todavía turbaba. Ella estaba allí, entre toda aquella gente, sin saber adónde iba y en qué pequeña estación de la costa se apearía, y, sin duda, aquello era una muestra de valor, porque a veces, asustándose, volvía sobre sus pasos, decidía poner fin a su aventura y se apeaba del tren, rehaciendo el trayecto en sentido opuesto; entonces, tras la ventanilla desfilaban de nuevo las ciudades y las estaciones por las que acababa de pasar, los mismos nombres y las mismas voces en los altavoces, y era otra gente la que subía y se empujaba con sus sacos y sus cestas, en medio del mismo polvo y de los mismos olores.

Ella recuerda que cogía trenes. Que necesitaba irse, marcharse fuera, adonde no pensara en nada, olvidando la ira y los reproches, e incluso la pena; cogía trenes y trataba de olvidar, mientras miraba desfilar el paisaje y las casas por la ventanilla, hasta sentir aquella especie de vértigo, de olvido tranquilo y dulce, como si, al no tener dónde detenerse y anclarse, el tiempo dejara de existir, y también el sufrimiento; ella pensaba en el tiempo y el sufrimiento, que cesaban en aquel vaivén, en aquel adormecimiento en que, poco a poco, todo podía difuminarse, aquel vértigo tan dulce al que se abandonaba, como se habría abandonado, de buen grado y apaciguada, a una borrachera; apenas podría entreverse el rastro de ningún temor, de ninguna preocupación reciente. Sí, los trenes que circulaban bordeando campos y ciudades donde ella no tendría por qué bajarse, aquel tren que bordeaba el mundo en función de la invisible frontera de un universo donde la gente se hacía daño y se desgarraba, de modo que en aquellos momentos sólo existía aquella especie de calma, la extraña, insólita soledad.

Puede que fuera al mar, probablemente fuera el mar adonde se dirigía y donde pasaba algunos días, encontrando alojamiento no se sabe dónde ni cómo, escondida quizá, cómo no imaginarlo, agazapada como un animal, como una fugitiva, en alguna de las casetas de la playa abandonadas durante aquella estación, en las que hallaba el modo de entrar —debía de ser invierno o principios de primavera—; una cabina, una de aquellas diminutas cabañas de tela o de madera vacías hasta el momento en que, con el aroma frío y rancio de las mareas, ella se instalaba dentro con sus chals y sus mantas, sin temer ni el frío ni el viento ni la noche en el mar, y nadie la veía tampoco cuando regresaba, muchos días después; un día la divisaban en el patio o en la acera delante de la casa, demacrada y sin dirigirle la palabra a nadie, o bien todo lo contrario, sin parar de hablar mientras iba y venía con sus faldas fatigadas, abriendo y cerrando las puertas de los armarios y diciendo cuánto se habían secado las estatuillas y que lo único que podía hacerse ya con aquellas arcillas era tirarlas a la basura. Decía que nada tenía por qué perdurar. Que uno podía hacer y deshacer, sin arrepentirse jamás. Y pronto empezaban a oírse los mazazos y los martillazos y el ruido que hacía después cuando se ponía manos a la obra de nuevo, y no eran ya los hermosísimos cuerpos o los pequeños grupos escultóricos que habían cimentado su fama, sino, como al principio, cuando entró en el taller del maestro, manos y pies que modelaba como una principiante, y aquellos rostros asustados que ella alineaba en los estantes, si no los destruía, al día siguiente o la misma noche, con los mismos martillos; y una vez más, representaba el rostro de Paul y decía que era Paul a los cuarenta, pensando más que nunca en él y esperando que viniera, marcando en un mapa con un alfiler las ciudades donde residía y desde donde le llegaban las cartas que decían que no la olvidaba, no, él no la olvidaba.

Y después llegó la hora; los kilómetros por miles que los separaban al uno del otro hicieron el resto; él, que nunca estaba allí y cuando volvía la hallaba más agotada y perdida en miedos y tormentos sin fin; cuando en 1909 volvía de Tianjin en el Transiberiano, apenas la vio, pero pensaba en ella, siempre pensaba en ella, decía, hablando de cosas grandes, inauditas, a las que el corazón no podía resistirse, cosas muertas, imposibles, y que perduraban ahí para siempre, mientras que ella ya deambulaba a lo largo y ancho de aquel taller rodeada de gatos, de bancos de escultor y de estatuillas, y arrancaba con gestos enérgicos el papel de las paredes, hablando, escribía él, con aquella voz que ahora tenía, áspera y monocorde, y dura como el metal. Él hablaba de la voz dura y metálica que ahora tenía ella, y le espantaba ver cómo vagaba de aquella manera entre todos aquellos gatos, olvidando quién era, sí, olvidándolo, como olvidaba todo lo que decía y hacía, y por qué él la había amado tanto.

Y más tarde, en el tren entre Núremberg y Praga, pensaba en ella y era incapaz de conciliar el sueño, no podía dormir y miraba la nieve caer, hablaba de la nieve que caía sobre las ventanillas y los campos de Bohemia y Moravia, y más tarde todavía, cuando llegaba, de los abedules del jardín de Pétrin, del canto del primer ruiseñor. Hablaba de su vida en Praga, donde era cónsul, de la hierba verde que se mezclaba con la nieve y del viaje a Viena, del canto de la alondra y de Rostock, adonde se dirigía en primavera, de los nombres extraños que tenían las regiones que había allí.

Sí, cuando todo se acabase torciendo y todo el mundo hablase del extraño comportamiento que ella tenía, aquellos días en los que, azorada y cautelosa, se encerraba en el taller donde modelaba manos y pies que, tan pronto acababa, destruía a martillazos, y en el barrio se hablaba del ruido que hacía y de la inmundicia y el polvo que había cuando, acto seguido, lo amontonaba todo en carretas y pedía que fueran a verterlo cerca de las fortificaciones. Cautelosa y azorada, diría él, y esperando ella misma que llegara el momento en que vinieran a llevársela, entre los yesos y las arcillas secas de aquel taller en el que pronto nadie entraría y que ella ya no abandonaría, excepto para buscar un mendrugo de pan y un pedazo de queso para la cena, y, pronto, aquellas sobras de verdura que ella recogía en los puestos del mercado y con las que se hacía una sopa, diciéndose que, sin duda, nada de aquello duraría, que no permitirían que se quedara recluida tras los postigos cerrados, inmóvil y silenciosa, y entonces se acostaba y permanecía allí días enteros, aovillada en el estrecho diván que le servía de cama, y a veces, hundiéndose en el sueño, soñaba que deambulaba por ciudades desconocidas, soñaba con ciudades y calles desconocidas por donde se perdía, donde anochecía y no podía volver sobre sus pasos, había caminado tanto tiempo y tan lejos que se perdía, y el sueño duraba más de lo que habría podido asegurar, duraba tanto que por la mañana se despertaba aturdida, frenética, y preguntándose cómo podía estar allí aún, viva, respirando, y tan dolorida que se decía a sí misma que sería incapaz de llegar hasta la tarde, hasta la noche siguiente, llorando, recordaba llorar en aquel diván que no abandonaba, mientras veía cómo nacía el día entre los listones de madera de los postigos, y las líneas ora pálidas ora oscuras que, rozando las baldosas, trazaban vagas e indecisas claridades en las que un gato se acomodaba enseguida; el día despuntaba, la mañana pálida y fría de noviembre, de diciembre o de marzo, el día gris que empezaba y que ella no tenía ninguna gana de vivir.

Así que allí, en los jardines de Praga adonde iba, él decía que sufría por ella y que nada de todo aquello podía durar; él sufría y rogaba, eso decía, hablaba de ella y de los abedules de Pétrin, del canto del primer ruiseñor, y Kafka, que se lo encontraba, hablaba a su vez de él; en Praga, Kafka se acordaba del extraño brillo de los ojos del poeta Claudel, que su ancho rostro, decía, recogía y reflejaba.

Había llegado la hora. Y aún harían falta algunos pocos y larguísimos años más para que ella se convirtiera en aquella extravagante de la que hablaban en el barrio, cuando, desconfiando de todo y de todos, sólo salía al caer la noche para recoger de las ventanas, de los mismos tiestos donde antaño plantaba tulipanes o jacintos, la comida que las almas caritativas dejaban allí para ella: sobras de carne, una sopa, un pedazo de queso, que ella compartía con sus gatos. Atrincherada allí como un combatiente en un campamento sitiado por el enemigo; y cuando llamaban a su puerta, la vislumbraban por los resquicios, desconfiada y confusa, el rostro macilento, pringado de no se sabe qué porquería, y entonces decían que ya no se lavaba, que ya ni siquiera se preocupaba de lavarse, ni de nada de lo que era preciso hacer para resistir, para despertar cada mañana, levantarse luego, y, hecho eso, aguantar valerosamente hasta la noche; no se preocupaba ya por todo aquello que era preciso hacer para vivir y perdurar, y permanecía allí recluida en la oscuridad, sin aire suficiente, con aquel olor a cerrado del que se hablaba en el barrio; la gente se preguntaba cómo podía encontrar aún aire que respirar en aquella pocilga, sí, todo el mundo se lo preguntaba, por no hablar de los días en que el taller, el patio entero apestaban a alcanfor, a aquellas pociones que ella tomaba para calmar sus nervios enfermos y que saturaban el aire con su espeso olor, mientras que, sofocada y medio inconsciente, permanecía allí gimiendo, tan enferma y tan débil que ni siquiera podía salir, y tan avergonzada, sin duda, que, esgrimiendo quehaceres y citas, disuadía a todo aquel que quisiera visitarla.

Había llegado la hora; días, semanas, meses interminables, nadie sabría lo que había significado el tiempo para ella, y pronto escribían a la madre y al hermano para preguntarles si estaban al corriente de lo que sucedía, de aquella suciedad, de aquel confinamiento, y del ruido que hacía por las noches cuando se liaba a dar martillazos; escribían a la familia, a aquellos Claudel tan preocupados por el qué dirán y que, convencidos de haber sabido en todo momento cuanto había que saber, no parecían ya sorprenderse de nada; entonces, en Villeneuve, después de haber esperado un tiempo prudencial –esto es, a que muriera el padre que la protegía–, actuaron como creyeron conveniente, y tan pronto se enterró al difunto, mandaron que fueran a buscarla a casa y que la llevaran a Ville-Évrard, donde la esperaban.

El 8 de marzo era domingo, el último que ella pasó en el quai Bourbon, el último taller y el último domingo, y nadie habría podido decir que ella no sospechaba nada, nadie, y recibiendo aquella carta que le comunicaba la muerte del padre, respondía que a ella le tocaría cargar con toda la pena, pero que no podía ir allí sin dinero ni zapatos, y pronto el coche estaba allí, los cascos de los caballos sobre los adoquines y las voces que la llamaban, mientras ella, de pie detrás de la ventana, veía a los hombres apearse y atravesar por el abovedado pasaje para coches, y cuando entraron dijeron que debía reunir sus pertenencias e irse con ellos.

Y mira qué hacían realmente allí en Villeneuve, y por qué, azorada y cautelosa, había contado el tiempo, los años, los días y las noches: la entregaban a aquellos desconocidos en los asilos, en aquellas casas donde curaban los nervios enfermos y todas las aberraciones, todas las ingenuidades que uno pudiera padecer, expulsándola, repudiándola como habrían repudiado a un réprobo, a una mujer de mala vida; la madre, la hermana y él, Paul, que no paraba de decir de ella que se extraviaba y que nunca haría otra cosa que extraviarse. Pedían que fueran a buscarla y que se la llevaran, que la portearan como si fuera un objeto, como el paquete en que un día, no se sabe cuál, se habría convertido, y entonces cruzaba París bajo una lluvia tibia; apretujada en la banqueta de molesquín negro entre dos hombres, cruzaba París y el Sena y los interminables suburbios, y pronto no había otra cosa que mirar que no fueran las locas que andaban por los pasillos de aquel gran manicomio adonde, aquel mes de marzo de 1913 y también en agosto de aquel mismo año, él iría a visitarla desde Hamburgo, y aún pasarían unos pocos meses, y parte del año siguiente, antes de que le hicieran coger el tren hacia Aviñón, aquel verano tan caluroso del que hablaban los dos, cuando al comenzar la guerra la trasladaron al sur con otros quinientos de Ville-Évrard, cuando la trasladaron a Montdevergues, comuna de Montfavet; se decía que el lugar tenía renombre: a cinco kilómetros de Aviñón, los bosques, los campos y las viñas, y también el gran jardín sobre la ladera de una colina donde se encontraban los edificios, los pabellones de los internos; todos los enfermos que había allí, en los patios y sentados en los bancos, y después los otros, que ocultaban y mantenían encerrados; ella decía que algunos días de viento sólo se les oía a ellos, que allí arriba en la colina sólo se oían sus gritos y los golpes que daban contra los muros; y durante algún tiempo, unos años, aún con vehemencia, ella afirmaba que no era culpable de nada y pedía que la sacaran de allí, donde no pintaba nada; sí, durante unos años todavía, aún más largos, aún más lentos; y podría hablar del tiempo más que nunca, y del miedo, de todos los miedos que había sufrido, incluso del miedo al miedo y a lo que la hacía enloquecer, y ahora que la abandonaban para el resto de sus días en lo alto de aquella colina, sí, también de aquel miedo, el último, y tan interminable que otros tendrían tiempo de nacer y morir y vivir la vida que tuvieran que vivir. Pronto escribía, pronto decía que no podría quedarse por más tiempo donde la encerraban, le pedía a su madre que cogiera el tren rápido y viniera a verla, evocando en sus cartas la soledad y el abandono, y qué se sentía cuando ya nadie se acordaba de ti; aquellos días, aquellos años que la mantenían tan alejada de ellos que ni siquiera podían ir a verla, si no era, muy de tanto en tanto, Paul, cuyas visitas ella siempre aguardaba; no hacía otra cosa que esperarlo, pensando en todas las cosas que aún tenían que decirse; si él no iba, pensaba ella, habría cosas que nunca se dirían, y entonces morirían, él y ella, y sería como si ninguna de esas cosas hubiera existido. Ella les escribía, y sólo era el principio; muchos años después aún les escribía para hablarles de su indignación y su cólera y decirles que harían mejor en gastarse el dinero en algo que no fuera su pensión del manicomio, y pronto, sería cuestión de algunos años, tragándose la ira y la indignación, haría lo que le dijeran que tenía que hacer, esto es, levantarse, dormir y comer, y el resto del tiempo caminaría por los pasillos y por los senderos del jardín, e incluso por su habitación, donde por las noches deambulaba arriba y abajo mientras esperaba que llegara el sueño; cuando entonces, a fuerza de hábito, la idea de que estaría allí para siempre ya no provocaba en ella ni consternación ni desesperación, puede que ni tan siquiera la sumisión que aparentaba, sino la incontestable certeza de que ya no conocería otra vida que aquélla; más allá de la resignación y la renuncia, el conocimiento absoluto de que, salvo el aliento que aún la habitaba –aquella respiración a la que a cada instante se obligaba pacientemente–, todo cuanto podía acabar había acabado. Haría lo que le pidieran, y el resto del tiempo caminaría, se sentaría o se quedaría junto a las ventanas, hasta no ser más que aquel pequeño rostro demacrado, desdentado y sin labios del que hablaría Paul, y para entonces ya la creerían muerta; los diccionarios, las enciclopedias dirían de ella: Camille Claudel, alumna de Rodin y escultora de gran talento, nacida en 1864 de Louis-Prosper Claudel y Louise-Athénaïse Cerveaux, murió en el año 1920; 1920, dirían, fue el año de su muerte. Moría, la daban por muerta, y no se sabe por qué, ni quién había facilitado semejante dato, ni tampoco si era algo que aún interesara a alguien, cuando ya no era más que una errabunda silueta gris y delgada; aquel año, 1920, en otoño, él llegaba desde Copenhague, y sin duda de Villeneuve, en donde se había quedado algunos días, y la encontraba allí, en mitad de aquella luz blanca que la rodeaba cuando se levantaba y se acercaba a la escalera de la entrada para verlo mejor, y se quedaba allí plantada y haciendo visera con la mano sobre los ojos, sobre las cejas, que fruncía en una mueca que había convertido en un hábito, y empezaba a temblar, temblaba delante de él, con su vestido grande o su abrigo, y no se sabía si era por el frío, el cansancio o los nervios.

Y a veces, haciendo el camino bajo un aguacero, tardaba más tiempo del habitual en llegar, y ella se inquietaba, entonces él hablaba de las lluvias que lo habían acompañado durante todo el viaje hasta Montdevergues, adonde llegaba tarde, pasado el mediodía; hablaba de lluvias que no escampaban, furiosas e intensas, y de ella, a quien encontraba sentada en la cama donde había estado esperando, quieta y callada, desde la mañana, y cuando él abría la puerta, ella se levantaba y se abalanzaba sobre él llorando, lloraba como nunca la había visto llorar, con todo aquel rostro ajado y gris de vieja –él decía que ahora era vieja, gris y desdentada–, llorando frenéticamente, sin acabar de llorar todas las lágrimas que tenía guardadas, de pie contra él, entre los brazos que él le tendía y que enseguida cerraba alrededor de ella; enseguida la rodeaba con sus brazos y, con gesto tranquilizador, le daba golpecitos sobre los hombros y la nuca hasta que, con pequeños ruidos hiposos, mojados, ella terminaba por calmarse.

Y otras veces eran el sol y el cielo azul, el viento que había en la colina, y todos los olores que ascendían hasta allí –los pinos, los tamariscos y las lavandas–, y entonces ella decía que quizá lo vería, que a él le gustaba venir en verano; llevaba la cuenta de los veranos, de los años que él la había visitado: 1915, 1920, 1925, el verano de 1927, el verano de 1928, los veranos de 1930, 1931, 1933, 1935 y, el último de todos, el verano de 1936, aquel año iría por última vez, anunciaba su visita por última vez, el último día, el último verano que ella lo esperaba en lo alto del sendero, sentada en aquella silla que ya se había convertido en su silla, la estrecha y tosca silla de hierro y madera que sacaba del vestíbulo y que arrastraba hasta la escalera de la entrada, o más abajo, sobre la hierba, entre los árboles. Ya no venía del extranjero, venía de Brangues, del *château* donde ahora residía, y adonde nunca la había invitado. Decía que estaba comentando las Sagradas Escrituras y que estaba enfermo, que no tenía sangre. Los otros años no había ido, y aquella vez, como siempre, calculaba cuántos eran: trece de los veintidós años que llevaba allí, a los que, apuntaba ella, había que añadir las primeras grandes partidas, las primeras grandes separaciones, aquellas sobre las que él escribiría algún día que hacían de uno alguien diferente, y de las que cuando regresaba, decía, ya nada era ni podía ser como antes; sí, todos aquellos años en París, y eran una buena veintena, entre el primer puesto en Boston, y aquel día de marzo de 1913 que vinieron a buscarla; veinte años durante los cuales solamente se vieron cuatro veces; ella recuerda que en verano, cuando él volvía, iban al restaurante y al concierto en la rue de Tournon, o bien la llevaba a pasear un poco a orillas del Sena. Así que, anotaba ella, aquello sumaba, sólo en ese período, dieciséis años de alejamiento, de separaciones, que –y ya no le quedaban palabras para expresarlo–, sumados a los otros trece, representaban un total de veintinueve, veintinueve años sin verse, sin hablarse ni decirse lo que tuvieran que decirse; página a página, los contaba una y otra vez, y todo cuanto había que contar y descontar de caballos que venían a buscarla, de cartas y paquetes, de lluvias y de inútiles y provocadores cielos azules.

Y a veces, olvidando y confundiendo las fechas y los países de los que él venía, le parecía no entender nada de lo que había anotado allí, o bien ella decía que era el pigmento del lápiz, que se había borrado y que le costaba descifrar, el violeta claro de la mina que, poco a poco, difuminándose, disolviéndose bajo la luz, parecía hablar por sí solo de cosas desvanecidas, desaparecidas para siempre; aquellas páginas tan a menudo consultadas y hojeadas, donde el pigmento descolorido en malvas y violetas palidísimos expresaba las cosas desaparecidas, aquellas visitas que ella terminaba por confundir las unas con las otras, hasta el punto de que, a veces, parecían no constituir sino un único encuentro, una sola e invariable visita en la que, cada vez más delgada y fatigada dentro de sus viejos vestidos y sus viejos abrigos, los días de buen tiempo ella esperaba sentada en la silla que arrastraba al pie de la escalera de la entrada; y cuando él llegaba la encontraba allí, explicaría más tarde, toda enjuta y ajada, y con las manos cruzadas sobre las rodillas, la mirada tan desdibujada y amarga que parecía no ver ya nada ni a nadie, ni siquiera a él ciertos días, y enseguida se iban a pasear, como solían hacer, y cuando habían acabado de ir y venir por los caminos, o cuando el viento allí arriba era demasiado fuerte, volvían a la habitación, a la pequeña cama donde se sentaban el uno al lado del otro, y miraban las fotografías y hablaban del pasado, uno podría imaginárselos mirando las fotografías, y llegaba el momento en que no había más fotografías que mirar ni nada más que decir, se callaban y veían atardecer por la ventana, veían cómo iba oscureciendo, entonces él retomaba la palabra y decía que era hora de irse, llegaba el momento en que decía que debía marcharse porque se hacía tarde y el camino era largo.

Una sola y única visita, en la que, con su voz grave y fuerte, él explicaba que había venido por la margen derecha del Ródano, bordeando el siniestro Ardèche, o por el Vercors y las gargantas del Eygues, o bien que venía de Italia, y que la víspera aún nadaba en el mar en Niza; hablaba de Roma y del esplendor de los palacios de Génova; hablaba de Río de Janeiro, de Bruselas y de Copenhague; hablaba de los países y ciudades en los que había estado, y, más tarde, regresaba a aquellos lugares en la otra punta del mundo, a Washington, el Caribe, Japón, donde lo nombraron embajador, y pronto la tierra temblaba y la gente moría a cientos bajo los escombros; siempre estaba en trenes, en barcos, hablaba de ciudades y países extranjeros, de los ríos de China, vastos y limosos, por los que él descendía en barco, de las tumbas que tallaban allí, en las laderas de las montañas; hablaba de barcos y de viajes, y, en 1925, de su vuelta de Singapur y el mar de Arabia por el océano Índico, donde, sobre el puente del navío –aún se acordaba, siempre se acordaba–, conoció hace treinta años a aquella espléndida y pagana criatura, con aquella gran melena rubia, escribía, agitándose en el claro de luna; aquel año hablaba de cosas que no tenían principio ni final, y, cuando se dirigía a Montdevergues, de la casa exquisita en Aix, bajo los tilos, y del albergue donde desayunaba truchas, conejo y vino de la región, y después, en Arlés, aquel día, de niños completamente desnudos que jugaban imitando a los toros.

Del pobre vestido que la madre le envió el último año de la guerra y que ella aún llevaba, ella, Camille, aquel verano de 1927 cuando él vino con sus hijos, y del triste sombrero de paja colocado sobre el cráneo. Él hablaba de praderas bajo un sol radiante, del aroma de los pinos y las lavandas a lo largo del camino, y de ella, que, más tarde todavía, otro año, le regaló un rosario de cuentas grises y le susurró al oído cosas que él no entendía.

Una sola y única visita que él le hizo; una sola, única y perenne ocasión en la que él dijo que iba a visitar a su hermana enferma allí abajo, al sur, en Montdevergues, donde aún vivía ella y adonde, durante todo aquel tiempo, durante todos aquellos años interminables, se dirigía en cuanto podía, y llegaba bajo un vasto cielo azul y con aquellos calores que lo acompañaban desde que amanecía, y a veces, decía, bajo algún que otro aguacero. Una sola y única visita que él le habría hecho, y que ella habría aguardado durante treinta años, sentada en aquel banco delante de la capilla, o en la silla que arrastraba por la hierba a los pies de la escalera de entrada; él, Paul, con sus sombreros y sus abrigos, sus trajes elegantes y cortados en telas hermosísimas, sus trajes de cónsul, sus trajes de embajador, y aquella amargura, aquella piedad que se le dibujaban en la cara cuando la miraba; habló con ella una vez más, le traía noticias de Villeneuve, de sus hijos, que crecían y se casaban, de sus bellísimas hijas de ojos bellísimos, que, a veces, quedándose su madre en Francia, lo acompañaban a sus embajadas en la otra punta del mundo; ella lo miraba, observaba cómo se ensanchaba el rostro, cómo engordaba y le salía papada, mientras que los párpados cada vez pesaban más sobre los ojos, sobre la mirada que se estrechaba detrás de unas pequeñas gafas redondas; ella veía que había perdido aquella belleza que tenía, aquel salvajismo por todo el rostro, ganando una especie de bonhomía, de tranquila seguridad; miraba aquel rostro, que ya no era el mismo; miraba al hombre pesado y robusto que todavía expresaba el mundo con frases tan bellas; a veces, incluso, cuando ella se lo pedía, le traía un libro que acababa de escribir, ella lo leía y decía cuánto la había emocionado, cuánto la había apaciguado leerlo, encontrarlo tan a menudo en aquellas frases suyas, frases en las que aún podía reconocerlo, en las que lo reconocía a él y sólo a él, Paul, el maestro de las frases bellas, de aquellos bellísimos y magníficos arrebatos.

Y era como si, contaban en aquel lugar, ella siempre hubiera estado allí, inmóvil, fatigada y de vuelta de todo, sin nada que perder ya, ni tan siquiera su ira; tardes enteras sentada en aquella silla donde acababa por dormirse, la cabeza caída, hundida sobre el pecho, y a veces, recomponiéndose con un sobresalto, recaía, volvía a sumirse en una especie de sopor; más tarde hablaba de sueño y de aturdimiento, y de lo que soñaba; decía que incluso durmiendo aún veía a las internas y a todos los de aquel lugar, que los veía como si ya no pudiera pensar en nada ni en nadie más, como si no pudiera soñar con otra cosa, de modo que uno podía entreverla por la apertura de la puerta de la habitación o en alguno de los pasillos de la planta baja, la cabeza caída sobre el pecho y la boca entreabierta, sentada en aquella silla en la que permanecía hasta que venían a buscarla y le decían que era la hora de la cena, al fondo de aquel refectorio donde se sentaban, expuestas a corrientes de aire, a mesas tan pequeñas que ni siquiera podían comer los viejos ragús que les servían, ni la fruta, ni el queso reseco.

Hablaba de los veranos en los que lo esperaba, y del otoño o del invierno que llegaba, diciendo que ya nada tenía importancia y que era su último otoño, su último invierno; hablaba de los que morían en invierno y que enterraban en el pueblo al día siguiente; hablaba del frío y el cielo, muy azul, y cómo aquellos días, tomando un camino estrecho por donde apenas pasaba la carreta, llegaban al pequeño cementerio donde caminaban en fila, unos detrás de otros, hasta la fosa, hasta la tierra que aguardaba, fresca, excavada, amontonada en montículos claros y brillantes alrededor del hoyo. Cantaban y rezaban por aquellos a quienes daban sepultura entre el ruido sordo de las paladas, y cuando todo había acabado, tapaban el hoyo y plantaban sobre la tumba una pequeña cruz en la que habían grabado a cuchillo un número, y más abajo, las fechas y los nombres, entre los tejos y los pinos y todas las tumbas blancas que había allí, donde algún día también estarían ellos, se decían. Y hablaban durante el camino de vuelta, preguntaban cuánto tiempo hacía que estaban allí, cada cual, en aquella casa de Montdevergues, hablaban de ellos y de las enfermedades que padecían, mientras subían de nuevo por los caminos y decían que podían morir allí, en aquel manicomio, y que aquélla sería la última casa en la que estarían; se miraban y se preguntaban quiénes serían los próximos a quienes enterrarían en aquel pequeño cementerio, y tan pronto franqueaban la verja, se dirigían a sus habitaciones o talleres, y a veces era la hora de cenar y los llevaban a los refectorios.

II

EL VESTIDO AZUL

Así pues, nos decimos, debió de ser aquel verano cuando la visitó por última vez, cuando, aquel calurosísimo mes de agosto, volvió a hacer el viaje para verla.

Nos decimos que, con una de esas raras y formidables intuiciones que tenían el uno respecto del otro, comprendiendo que aquel día, aquel día de 1936 en el que volvían a verse, sería el último, ella había hablado; comprendiendo que no volvería a verlo, si no era una última vez, la definitiva, en la que ambos debían de estar pensando, en la que no dejaban de pensar en aquellos momentos, ella dijo lo que tenía que decir, sin rodeos ni excusas, con aquella seguridad, con aquella convicción gracias a la cual reinó en otro tiempo.

Como ella, comprendemos lo que hay que comprender de un día como aquél. No hace falta indagar demasiado. Como ella, ni indagamos ni imaginamos: sabemos, nos reunimos con ella en el desierto, en la incomparable e insólita soledad. Comprendemos la idea que tiene; aquello que, en la larga, agobiante sucesión de días, siempre iguales, acaba por pensar; o puede que ni siquiera lo piense, nos decimos, sino que lo vea, que simplemente lo contemple, que asista, muda y deslumbrada, al nacimiento de la idea, aquella especie de imagen que nace bajo los párpados cerrados –sí, los ojos, los párpados se cierran, eso también lo sabemos, que los ojos, que los párpados se cierran durante ese tiempo, durante el tiempo que haga falta, pues se trata de olvidar lo que es preciso olvidar (las locas por los pasillos y los comedores, que gritan tan fuerte y desde hace tanto tiempo; la incomparable, insólita soledad; e incluso el olvido al que la han relegado)–; olvidando lo que es preciso olvidar, ella no ve otra cosa más que el sueño, aquello que puede llamarse sueño, es decir, aquello que con un gran aleteo sobre la seda de los párpados se eleva y se despliega, alto e iridiscente como una fulguración de estrellas, y que nada disuade; el sueño está allí después de tanto tiempo, pujante y sin sombra, e igualmente temible, como temibles son el amor y el fervor, el deseo que destruye y que trastorna; y después, lo sabemos, ya no habrá ninguno más. El sueño que ella sueña, pensando en lo que se acerca, en lo que no puede sino acercarse, con un gran, inaudito y hermoso impulso, como un velo restallando en el viento.

Pues llegó el día –y no podía ser de otro modo– en que él la llevó a ver el mar, el día en que, desde la mañana, instalada en su silla en lo alto del sendero, sin moverse ni decir nada, ella lo esperó, lista desde hacía no se sabe cuánto tiempo, cuántos años, cuántas mañanas, cuántas tardes, cuántas noches interminables; lista para que él la llevara adonde era inevitable que ella volviera. Aquel viaje que, por última vez, se disponían a hacer los dos y del que él no dirá prácticamente nada, excepto, en su diario, en la entrada con fecha del 5 de agosto de 1936, que viajó a Montdevergues en compañía de Roger, su yerno, que condujo el automóvil; desde Brangues, donde residía ahora la mayor parte del tiempo, y a pesar de que había soportado extenuantes fatigas durante aquella estación –eso ya se sabe también–, realizaba el viaje, en su Packard y acompañado del marido de su hija, para verla. No dice nada más en esa ocasión, no habla ni de ella, con quien se encuentra, ni del mar lejano, adonde la lleva.

De ese día no dice nada, excepto que es el 5 de agosto, víspera de su sexagésimo octavo cumpleaños, escribe, leemos en su diario; no será la primera vez que guarda silencio, que se reserva para él lo que piensa. No dice nada más, pero no puede sino llevarla consigo, yo lo veo, lo veo llevarla con él; ella se muere de ganas, piensa continuamente en ello, y desde hace mucho tiempo; van al mar en el que ella piensa desde hace tanto tiempo, el mar que tanto desea ver una vez más; dice que el tiempo pasa, y que uno no sabe cómo serán los días por venir, que debía ser entonces, en aquel momento, en aquel verano tan bello, tan radiante; que no podía ver semejante verano sin pensar en el mar, adonde solía ir antaño, y del que guardaba tantos y tan buenos recuerdos.

Ella lo dice, lo escribe en una carta que prepara; una tarde, una mañana, sin poder aguantar más, escribe esa carta, escribe que podrían ir en coche, ella y él, hasta el mar, hasta aquellas Saintes-Maries que había abajo del todo, en el sur, pasadas la Camarga y las grandes lagunas. Sería cuestión de horas, supone ella, no demasiadas, sin duda, con el automóvil las distancias no eran las mismas, ni los viajes. Ella escribe eso, que podrían ir al mar, como solían hacer en otro tiempo. Podrían pasar juntos, una vez más, un cálido y radiante día de verano; caminar uno al lado del otro por un espigón, por la arena de la playa; y mientras paseaban, podrían respirar la brisa que venía de lejos, oír las grandes aves marinas.

Escribe esa carta en la que le habla del mar, que desearía ver de nuevo. O quizá lo dice el mismo día, el día que él llega, esa misma mañana, en cuanto, sentada en su silla en lo alto del sendero, lo ve aparecer entre los cipreses con su bastón y su sombrero. Puede que ese día, el día que él viene, levantándose y yendo hacia él con la premura y la precipitación de los buenos tiempos, de aquellos días llenos de fiebre, se apresure a decirlo; antes incluso de saludarlo, antes incluso de abrazarlo, plantada delante de él con su vestido y su abrigo ya puestos, y entonces, como se dicen las cosas importantes, las cosas graves sin las que nada puede ser igual, le comenta la idea que se le acaba de ocurrir, que le encantaría ir al mar con él.

No sabemos si se lo dice el mismo día o en una carta que le escribe poco antes, una carta, como las otras, destruida o simplemente extraviada, que no se habría encontrado. No sabemos cómo ni cuándo realiza esa petición, todo cuanto nos decimos es que ese 5 de agosto de 1936, en el que él llega muy de mañana, parten en automóvil, en aquel largo y rutilante Packard negro, y van al mar.

Deben de ser las once, o mediodía; él habría salido de Brangues temprano por la mañana o quizá habría pasado la noche, como otras veces, en los alrededores de Montdevergues; tiene amigos por la zona, viejos conocidos. La mañana toca a su fin. La mañana de un hermoso, límpido y radiante día de verano, y tan calurosa, dice ella, que dentro de un rato tendrá que quitarse el abrigo; dentro de un rato, en cuanto lleguen allí abajo, se deshará del abrigo. Pero por el momento permanece quieta a su lado, sentada en la banqueta, con su abrigo y su vestido de lana, gris, marrón, es difícil determinar el indefinible color de la ropa que lleva desde hace tanto tiempo, llena de rayas pálidas, de líneas largas y estrechas de color malva o de un ocre oscuro; es lo que podemos pensar, ya se sabe cómo son esas telas de vieja, tan pálidas y descoloridas que adquieren una especie de dulzura. Ella permanece quieta a su lado, con su abrigo, con el vestido que entrevemos, sin duda el vestido de lana, de franela a rayas, que ella reserva para los días de visita, y con el que –con el sombrero de paja y las manos sobre el regazo– posa años atrás para la fotografía que todos conocemos, cuando Jessie Lipscomb, de paso por la Riviera, se desvía para verla.

Ese día van al mar. La lleva a Saintes-Maries por la Camarga y las grandes lagunas, y el tiempo que eso dura –la mañana pronto toca a su fin, y, poco después, comen bajo los plátanos de un albergue–, durante todo el tiempo que les lleva llegar allí, ven, cerca de los pueblos, los pequeños caballos blancos, las largas y alocadas crines danzando al viento; y aquellas caras tan finas, tan delicadas, observan ellos, les recuerdan a los caballos de San Marcos; hablan de los caballos que hay en Venecia, en lo alto de San Marcos, y de las grandes y hermosas lagunas que ven relucir bajo el sol, y cuando llegan es pasado mediodía, hace calor en la orilla, por donde caminan, una vez más, juntos.

Caminan, empiezan a caminar bajo la luz de un día de verano, en medio de un calor blanco, deslumbrante, y pronto, delante de él, que la mira, allí delante de él en la arena, dice que hace un día precioso, que hace tanto calor que debe quitarse el abrigo, sí, es en ese momento cuando, debido al calor tan grande que hace, ella empieza a quitarse el abrigo; tendiéndole el bolso que lleva en la muñeca, ella se deshace del abrigo y, de golpe, mirándolo fijamente y sin que él se lo espere ni comprenda nada, muestra su vestido.

Pero no se trata del vestido que hemos mencionado y que vemos en las fotografías, el vestido triste y apagado que ella se pone los días que quiere estar presentable; no será ese vestido de vieja aseadita y presentable, con las rayas pálidas en la tela oscura; será otro, que él nunca le habría visto, azul como sus ojos, azul como el mar en el que se hallan ese día, un vestido largo y azul, tan largo y tan azul, tan ligero al viento, que a él le parece de otra época, le parece un vestido de otros tiempos, y de un algodón, de una tela, que expresa lo radiante de un día de verano, y la felicidad, la alegría que lo acompañan; una tela que se alza al viento, que golpea ligera los tobillos, y que a veces se agita vivamente a su alrededor. Un calicó, una estameña de color azul. Una tela suave por la que pasa el aire, la brisa de la orilla.

Ella sonríe, dice que ahora tiene un nuevo vestido, que no podía ir al mar con aquellos maltrechos vestidos que tenía. El vestido es largo, como aquellos de los que ella debe de acordarse, como aquellos que ella llevaba en el pasado, hace mucho tiempo, y un cinturón lo ciñe a la cintura, haciendo una especie de pliegues que ella habría resaltado pasando una uña por encima y estropeando la tela; tiene una especie de muselina, de gasa ligera, en los puños y en el cuello –que baja hasta el pecho–; el vestido se parece a los vestidos de antaño, nos decimos, nos decimos que con todo el tiempo que ella lleva en el manicomio nunca ha podido ver otro tipo de vestidos, que sólo ha tenido en mente, durante esos días en los que ha pedido que le tomen las medidas, faldas largas y amplias que golpean los tobillos y se levantan con el viento.

Porque también ha pedido eso, que le hicieran ese vestido. Un vestido de tela fina, una estameña, un calicó azul que podrían encontrar el sábado en el mercado, con el piqué y el organdí, con la muselina blanca que hacían falta para adornar el cuello y los puños, prácticamente nada, dijo ella, una tela veraniega como las que se encontraban en los puestos de los vendedores ambulantes, y que por poco dinero alguna mujer de allí, alguna criada, tardará poco tiempo en cortar y coser para ella.

Ella quiere el vestido con la misma intensidad con que desea ver el mar y que él la acompañe. Durante esos días piensa en el final de las cosas, en aquello que se va para no volver jamás, y en lo que se siente, esa mezcla de miedo y sumisión, de postrera grandeza; esa espera inmóvil, como inmóviles y sin aliento esperan, petrificados por la inquietud, los animales en peligro. Ella piensa en cada último día, en Wilmereux y en Sainte-Marine, en la vieja y enorme *folie* del boulevard d'Italie, y en las mañanas de marzo, tibias y grises como las que hay cuando el viento amaina y flota en el ambiente una suerte de tregua, de insoportable dulzura. En la casa de Villeneuve, que un día, sin saberlo, ella ve por última vez y de donde se va sin decírselo, sin volverse siquiera. Piensa en lo que acaba, en lo que se termina para siempre, y que eso, el final de las cosas, los últimos días, se imagina y se ordena de un modo parecido a como se imaginan y se ordenan, para que uno no pudiera olvidarlas, las fiestas y las celebraciones, también la postrera, la última de todas, con sus alfombras de flores y los sofocantes olores alrededor de las tumbas. Así que habría pensado en ese viaje, en esa imagen que recordaría, pues enseguida lo sabe, lo presiente, no habrá ninguna más, no habrá ninguna otra imagen de ella que él pueda atesorar, si no es más tarde, un día que ella ignora, pero que no habrá de tardar demasiado en llegar, en la habitación, con los grandes almohadones blancos sobre los cuales, con los ojos cerrados, pálida y sudorosa, y tan distante, él comprenderá que ella descansa. Ella habría pensado en el mar, al que irían juntos, caminando los dos por una playa, por una orilla llena de guijarros, la misma en que, cerca del agua, la arena se empapa de espumas y humedad; él, como en los días de calor, viste un traje de lino claro al que se ha habituado en Asia, y ella, un vestido largo, tan ligero, tan azul, en mitad de aquella brisa veraniega; caminando uno al lado del otro como caminan por una playa, por una orilla llena de guijarros, aquellos que aman estar juntos, con todas las felicidades pasadas y futuras que se les puede suponer, con los fastos y las tiernas complicidades que tienen quienes están allí, quienes no pueden evitar estar allí una vez más.

Un vestido como los de antes, recuerda ella; no conoce otros; esos días sólo se acuerda de largas y amplias faldas golpeando contra los tobillos y que el viento enrollaba a su alrededor, azul como sus ojos, como el mar al que van; ella sólo recuerda haber trazado una línea, que nada ni nadie podría interrumpir, entre aquellos días en los que iban a Saintes-Maries y el resto, los últimos que recuerda, en Wight y Guernesey, en las islas a las que tanto les gustaba ir. Ha olvidado que con todo el tiempo que ha transcurrido ya nada podía ser igual; no lo ha sabido, o más bien, me parece, no ha querido saberlo; aquel tiempo, aquellos días ya no existen, no pueden existir de la manera en que existían por aquel entonces; ella está ante él en el momento en que se quita el abrigo, con el vestido color de mar, color de verano, que el viento levanta suavemente, y él la mira como no recuerda haberlo hecho desde hace mucho tiempo; entonces reanudan su paseo, caminando uno al lado del otro por la orilla, van y vuelven por la arena, lenta, prolongadamente, juntos. Él recordará que ella caminaba a su lado, a la orilla del mar, lenta y comedida, tan prudente, con ese vestido que el viento, la brisa, levanta suavemente, y a veces, de caminar así sobre la arena de la orilla, se vuelve pesado, toma un tono más oscuro y apagado en sus pliegues; ella camina con el largo vestido azul, que la arena moja, y habla de la arena y de la brisa que viene de lejos, de la luz sobre el agua, de esa voz ronca y entrecortada que tiene ahora, que hace pensar en una herida, en una rasguñadura, y tan antiguas que ni ella misma habría sabido decir cuándo y cómo se las hizo; con esa voz que tiene ahora, le habla de la luz que los envuelve, dice que todo es luz y siempre lo ha sido.

La veo caminar a su lado, avanzar lentamente, con aquel largo pliegue de las faldas que la brisa, que el viento suave, levanta; camina a su lado, hablando y callándose luego, y volviendo a hablar más tarde, sin duda; como antiguamente –¿acaso no piensa él en lo mismo?–, en las islas a las que solían ir juntos, alguno de aquellos lugares de veraneo en el océano o en la Mancha, adonde, dos o tres veces aún, las últimas, partían juntos; él recuerda ese momento cuando, nada más llegar, ella lo llevaba a ver el mar, sus grises o sus azules, y a veces, cuando el fondo andaba revuelto, era marrón, como las algas o la arena que las olas removían enérgicamente; él recuerda cómo abría ella los brazos y corría por la playa con sus vestidos claros, sus faldas largas, y, de repente, el viento le soltaba los cabellos de un golpe, de tanto correr; el peinado se deshacía, los cabellos caían sobre los hombros, sobre la espalda, donde se esparcían y ondeaban al viento; y enseguida se detenía y cerraba los ojos, decía que escuchaba, y que sólo tenía ganas de cerrar los ojos y tumbarse, permanecer echada sobre la arena con su vestido; él se acuerda de los largos vestidos, de los bellísimos cabellos ondeando al viento del mar, y de la felicidad de aquellos años. Cómo, risueña y confiada, aguardaba ella la vida. Corría embriagada de mar y de viento; luego caminaban el uno junto al otro rodeados del azul de aquel verano, mientras él hablaba de los proyectos que tenía; se iría y recorrería el mundo, y cuando regresara le contaría lo bello, lo inolvidablemente bello que era todo cuanto había visto, de modo que volvería a irse, se pasaría la vida marchándose; hablaba de los países a los que iría, y de los que uno vuelve, decía, sin ser ya el mismo, ya no podía volver a serlo jamás.

Y ahora los dos estaban allí una vez más. Decían que estaban juntos en el mar y lo mucho que les gustaba estar allí, caminando por una arena por la que les costaba avanzar, andando ambos con ese paso que ahora tenían, y parándose para recobrar el aliento cuando se ahogaban, y a veces sujetaban sus sombreros con la mano para evitar que rodaran hasta el agua, hablaban del viento suave y del tiempo que hacía ese día, del cielo radiante y caluroso, de lo grato que era estar juntos cerca del mar, y cuánto podía llegar a calmar aquel sonido que iba y venía, tranquilo y sereno, interminable. Ella decía que sólo tenía ganas de cerrar los ojos, quedarse allí sobre la arena, con sus ropas mojadas, y escuchar, como solía hacer en otro tiempo, el rumor de las olas. Escuchaba y callaba al lado de él; estaban las cosas que se decían y las que no, y cuando guardaban silencio ambos sabían de qué se trataba, siempre lo habían sabido, y nunca habían necesitado las palabras, como entonces, cuando, igual que él –¿se acordaba ella?–, hablando del amor hablaba en realidad de la muerte, diciendo de aquellos dos a quienes moldeaba en arcilla, yeso y bronce –el hombre y la mujer inmóviles en su danza amorosa, detenidos en el tiempo, que no avanzaba–, diciendo que no podía hablar de eso, del amor, más que hablando del modo en que hubiera hablado de la muerte, de la sombra profunda, mientras que el instante que representaba ya no existía; allí estaban los dos en aquel momento de vértigo, de infinito suspense, fuera del mundo, fuera del tiempo; representaba aquello que no volvería, que no podría volver jamás, ¿cómo no verlo?, ¿y quién mejor que él para comprender? Él, que no tardaría en afirmar que, con la mujer que conoció en el barco, aquella mujer que tanto había amado, había conocido la muerte; no hablaría del amor de otro modo, ni de las locas pasiones que lo poseían a uno y lo ponían a merced de todas aquellas mujeres que, dejando de ser honradas, se precipitaban al mal, según él, cojeando de un pie; y algunos días le daba por pensar que, al igual que ella, pobre loca, él también habría podido ser secuestrado, encerrado en un manicomio u otro; él, Paul, el cónsul, el cónsul general, el embajador y, por lo que se dice, también el ministro, por sus arrebatos y excesos, por aquella locura que él sentía rondarlo algunas noches llenas de desesperación, como hordas salvajes en la estepa o el desierto. Y entonces, guardándose de todo aquello que sólo traía angustia y perdición, tenía los niños que hiciera falta, aunque no dejaba de ser, cómo no verlo, una renuncia y una huida para alejarse del naufragio y del abismo. Era una manera de trazar, con una disciplina más amable que la del escapulario y el cilicio, un camino recto y no desviarse de él.

De ese día habría probablemente una fotografía en la que caminan uno al lado del otro. En la que los vemos caminar en silencio, en mitad de la brisa marina; ella con aquel hermoso y largo vestido de verano y él con su traje de lino claro, con el bastón y el sombrero en la mano; vemos la camisa blanca, con el cuello y los primeros botones abiertos, las pequeñas gafas redondas y rodeadas de algo oscuro, de carey, sin duda. En esa foto no podemos apreciar si el vestido es azul, como tampoco se aprecia que el mar es azul, ni la profunda mirada que ella conserva todavía y con la que, orgullosa y temerosa, mira al objetivo. La claridad del cielo es más opaca, se apaga suavemente, nimba los rostros de una serenidad, de una dulzura extrañas; la tarde llega a su fin, sin duda.

Se detienen un instante para hacer la fotografía y se quedan allí un poco aún, resistiendo la luz brillante, cegadora; vemos los ojos pestañear, cerrarse ligeramente, mientras que la boca, los labios se entreabren; una ínfima, imperceptible contracción se dibuja en las comisuras. Ella comentaba lo agradable que era el mar, que antaño solía quedarse a dormir por las noches en las playas, en las casetas, en las tiendas de tela; hablaba del mar, a la orilla del cual tanto le gustaba dormir en el pasado; durante mucho tiempo había pensado, dice, cuánto deseaba que todo acabara así, que ella se tumbara en la orilla del mar a esperar que las olas se la llevaran mientras dormía; ella dormiría, no pensaría más que en dormir. Dice que sería un sueño muy dulce, un momento de gran dulzura. Que los viejos como ella sólo podían ser arrastrados por las olas, por el mar. Él podría irse, si quería, regresar en coche a su casa y dejarla allí, a la orilla del mar, donde se dormiría, eso es lo que haría, se dormiría escuchando el vaivén de las olas, aquel mecerse en el que no dejaba de pensar, allí, con su vestido azul y con el abrigo que había tenido la precaución de llevar, de modo que no pasaría frío por la noche y se dormiría arrullada por aquel sonido tan dulce. Se dormiría, si a él no le importaba, con aquel sueño del que hablaba, hablaba de sueño y del cansancio que sentía, decía que hacía tiempo que estaba cansada, que quizá el único cansancio real era el que uno acababa padeciendo con el paso del tiempo, con los años; sí, ella habría querido que él la dejara descansar allí; él podría, como solía hacer, encontrar en Arlés o Aviñón un hotel donde pasar la noche, así estaría cerca, sería bueno poder decirse que él estaba allí, tan cerca de ella.

Ignoramos lo que él responde, es decir, no tenemos la menor necesidad de saberlo; por el momento, como ella, no lo escuchamos. Ignoramos por unos momentos todavía lo ordinario, lo que tranquiliza, las palabras que suelen decirse en circunstancias parecidas y que restablecen las necesarias, beneficiosas convenciones. Palabras que traen paz, cuando menos sosiego. Oímos que en un momento determinado él habla de la tormenta que se avecina, señala a lo lejos, sobre el mar, acercándose por el sur, resplandores pálidos, intermitentes, que se les echan encima, y dice que es hora de volver, y pronto empieza a llover suavemente, una lluvia que marca, que forma en la orilla, con pequeñas gotas tibias, innumerables, minúsculos surcos en la arena.

Caminan hasta el coche, y desde un lugar más elevado ella se gira, mira el mar una última vez, y luego, sin decir nada, se sube al vehículo, acomodándose en el asiento trasero, reuniendo alrededor de los tobillos la tela que arrastraba por la arena y que él recoge cuando se dispone a cerrarle la puerta; ella se acomoda en la parte trasera del coche sin moverse ni decir nada, no dice una sola palabra durante todo el camino de vuelta, él no vuelve a oír el sonido de su voz.

Ninguno de los dos sabe cuánto dura ese regreso, el camino que pasa entre los estanques, las grandes aves y, en las afueras de los pueblos, los caballos blancos tras los cercados; tampoco saben qué hora es cuando llegan, cuando él deja el coche abajo, pasa por las oficinas y la acompaña hasta el pabellón.

Así que cuando, pronto, se marcha, cuando, algo antes de la hora de la cena, la deja en lo alto del sendero, adonde ella regresa para verlo partir, la estrecha largamente entre sus brazos; ella no llora, tampoco se mueve ni pronuncia palabra alguna, se queda allí, quieta, delante de él, a quien mira con aquellos ojos azulísimos; pero, suavemente, como si llorara, como si tuviera que consolarla por alguna pena, él le da golpecitos en el hombro. Ella recuerda la mano sobre el hombro y que él la estrecha entre sus brazos, que antes de separarse él la habrá estrechado mucho tiempo entre sus brazos, la mejilla de ella pegada a la de él, y el cuello, la nuca suavemente inclinados, doblándose con un inefable abandono, con un último consentimiento, y ella no sabe cuánto dura, nunca lo supo, ese momento sin principio ni final en el que habrá olvidado todo lo que había que olvidar; habrá olvidado los días, los años que ha pasado sin verlo: constituyen un solo y único día, un punto ínfimo del espacio y el tiempo donde, muy lejos de ella, se habrían reunido la espera y la zozobra, todas las penas, y sólo queda aquella dulzura repentina, aquel grandioso, dulce e interminable reencuentro en el que hablan y se dicen hasta la última de las cosas que tenían que decirse; y no olvidan ninguna, no pueden olvidar ninguna; cuando se separen se habrán dicho todo cuanto tenían que decirse desde hace tanto tiempo.

No sabemos si el vestido permaneció colgado dentro del armario, y si de tanto en tanto ella se acercaba a contemplarlo en su percha –con aquellos restos de arena húmeda y de algas en el dobladillo, y aquella especie de línea más oscura por donde se marcaba la tela mojada que las olas habían impregnado de sal–; o si llegó a ponérselo en alguna ocasión. Quizá les pareció atisbar por los caminos de Montdevergues aquella pequeña silueta azul, cada vez más lenta, cada vez más fatigada, aunque, por lo que se dice, pronto desapareció de los caminos y los senderos; ni siquiera se la veía sentada en su silla delante de la escalera de entrada; cuando venían a buscarla, la encontraban durmiendo en el sillón de la habitación, o incluso de pie delante de la ventana –que su aliento iba empañando poco a poco–, escuchando el viento, que atravesaba a ráfagas los árboles de lo alto y golpeaba contra los muros y las ventanas, contra el tejado, donde hacía temblar los canalones llenando el aire de un chirrido metálico; de pie, sin moverse, delante de los cristales, parece completamente concentrada en vivir, es decir, parece acechar el hálito, el ruido de la respiración que le aseguraba quizá que el corazón aún latía, que aún circulaba la sangre; completamente concentrada en vivir, yendo a buscar muy lejos, lo más lejos que podía, a distancias infinitas, el aire que necesitaba para perdurar aún un poco más y, en aquellas profundidades insospechadas, el valor o la mera resistencia, entre el vientre y el pecho, el abismo inmenso y doloroso donde quizá aún se anudaba y desanudaba una última esperanza, una última idea alocada.

No hay nada que exprese el miedo o la tristeza, ni la violencia de la desesperación. Puede que ella no hiciera otra cosa, en cada ocasión, que esperar que llegasen la tarde y la noche; puede que allí, en la estrecha habitación no hiciera otra cosa, durante aquellos siete años, que ir y venir de la ventana al sillón y del sillón a la ventana, envuelta en mantas y en chales que perdía por el camino; y apoyándose con una mano en la mesa o en la pared, intentaba recoger con la otra la tela que había caído al suelo. No tuvo nada que decir de todo aquel tiempo. Durante siete años, no la oyeron decir nada, nada que, viniendo de ella, pudiera hacer creer que sintiera la más mínima necesidad de hablar, excepto cuando, desde la ventana en la que todavía se apoyaba a veces, parecía observar el cielo, o algo que detectaba en lo alto de los enormes árboles, buscando el rastro de no se sabe qué.

Sabemos que no volvió a verlo, excepto aquel día de septiembre de 1943 en que él la encontró, moribunda y sumida en sus últimas fatigas, en sus últimos e inexpugnables pensamientos. Quizá es por eso por lo que, cuando él llegó, dijo que ella se giró hacia él y lo llamó; la oyó llamarlo con un dulce e interminable susurro, como solía hacer en otros tiempos: «Mi pequeño Paul, mi pequeño Paul…».

NOTAS DEL TRADUCTOR

[1] En la indumentaria de la época se llamaba así a la bolsa manual que, pendiente de unos cordones, usaban las señoras para llevar el pañuelo y otras menudencias.

[2] El Depósito de Mármoles *(Dépôt des marbres)* del Ministerio de Fomento, ubicado en la Île des Cygnes en París, fue fundado en el siglo XVIII por Jean-Baptiste Colbert para acoger aquellas obras que el Estado encargaba a los artistas y, también, aquellas estatuas que habían sido retiradas por motivos políticos u otros. En el siglo XIX albergó los estudios de varios artistas, entre ellos Rodin.

[3] En el original dice *quartiers d'Italie*, a veces en plural, a veces en singular; no existe ni –hasta donde yo sé– existió ningún barrio con ese nombre. Entiendo que se refiere a la zona del boulevard d'Italie y alrededores. Cuando dejó el piso parisino de la familia, Camille alquiló un taller en el 113 del boulevard d'Italie, y Rodin alquiló esta *folie* en el número 68 de la misma calle. Hoy día, el boulevard d'Italie es el boulevard Auguste Blanqui (no confundir con avenue d'Italie), que desemboca en place d'Italie. Era un barrio popular y, en aquella época, prácticamente el campo; las calles estaban sin asfaltar.

[4] Se trata de *Sakountala,* escultura inspirada en una leyenda hindú que trata de un amor desafortunado entre Śākuntalā y el rey Duṣyanta.

[5] *La valse*, otra de las grandes obras de Camille.

[6] Félix Potin fue un empresario que fundó una serie de cadenas y comercios del mismo nombre.

[7] En el original dice *seau hygiénique*, que no es exactamente un *pot de chambre* (orinal), aunque a veces se utilice como sinónimo. Tie-

ne más forma de cubo (de ahí su nomenclatura, *seau*: «cubo», «balde»). Lo más parecido es aquello que en español se conoce como «perico», esto es, un tipo de orinal alto y con tapa, en definición de la RAE. O, también, «dompedro».

[8] *La valse* es una figura de bronce realizada por Camille Claudel de la que hay, o hubo, dos versiones: una desaparecida, en la que los dos bailarines se mostraban completamente desnudos, y otra, que conservó Claude Debussy, en la que los cuerpos aparecen parcialmente «vestidos».

[9] Le Bon Marché son unos grandes almacenes parisinos que tienen su origen en un pequeño negocio fundado en 1838, y ampliado en 1867, por Louis Auguste Boileau.

[10] Se refiere a la escultura *Les causeuses* («Las habladoras» o «Las cotorras»).

[11] El 1 de enero de 1899 Camille Claudel se muda al quai Bourbon en la Île de Saint-Louis, una de las islas del Sena. Sería su último taller. Y es allí donde irían a buscarla para llevársela a Ville-Évrard.

[12] Se refiere a la obra conocida como *La vague* o *Les bagneuses*.

[13] Recordemos que Camille vivía en un quai, a orillas del Sena. Suponemos que habla de los árboles que bordean la calle y dan al Sena, además de los álamos que hay en el patio interior donde está el taller.

EL VESTIDO AZUL
SE ACABÓ DE IMPRIMIR
EL DÍA 27 DE ABRIL DE 2018.